AF201084

Steppenbrand erzählt von Aufstieg und Fall des Steppenfürsten Dejasir, dessen Geburt – so schien es – unter einem günstigen Stern stand. Schnell entwickelt sich Dejasirs Ehrgeiz jedoch zur Bedrohung für sein Volk. Alte Traditionen werden über Bord geworfen. Jeder Widerstand wird gewaltsam unterdrückt. Selbst Blut ist hier nicht mehr dicker als Wasser.
Ausgerechnet Dejasirs große Liebe Shoulaika wird zu seiner stärksten Gegenspielerin.

***

Nike Leonhard ist mit ihrer (leider) sehr kurzen Geschichte des Steppenfürsten Dejasir, seinem Aufstieg und dem Weg zur Macht ein Kleinod gelungen. (Dr. Jürgen Albers)

***

Nike Leonhard ist in vielen Welten zuhause und schreibt darüber. Ihre fantastischen Geschichten erscheinen vorwiegend als eBooks in der Sammlung Codex Aureus, die sie selber herausgibt.
Nike Leonhard ist Mitgründerin des Nornennetzes. Sie lebt mit Mann, Kindern und Hund in Frankfurt am Main.
Mehr über die Autorin und die eBooks des Codex Aureus finden Sie unter www.nikeleonhard.wordpress.com

Nike Leonhard

STEPPENBRAND

Codex Aureus 2

Bibliographische Informationen der Deutschen Nationalbibliothek:
Die deutsche Nationalbibliothek verzeichnet dieses Werk in der
Deutschen Nationalbibliografie; detaillierte bibliographische Daten
sind im Internet unter www.dnb.de abrufbar.

Umschlagkonzept und -gestaltung: Carola Ottenburg
unter Verwendung einer Grafik von GDJ
(https://pixabay.com/de/rüstung-drache-herr-der-ringe-ruder-
1197382/), Verwendung unter CreativeCommons 00

Herstellung und Verlag: BoD – Books on Demand, Norderstedt

ISBN 978-3-7440-89631-3

Menschen werden vom Bösen gefressen, weil sie seine Gesellschaft suchen, nicht weil sie es meiden.
(Sprichwort der Gikuyu)

Nicht ewig freut man sich der Ruhe und des Friedens,
und doch sind Unglück und Zerstörung nicht das Ende.
Wenn das Gras vom Steppenfeuer verbrannt ist,
sprießt es im Sommer neu.
(Mongolisches Sprichwort)

KAPITEL 1

Wenn Baranu no'Sonak geahnt hätte, welches Leid das dritte Kind seiner Frau Nourja über die Stämme der Khon bringen würde, hätte er den Jungen nach der Geburt in die Steppe hinausgetragen. Weit entfernt vom Lager hätte er das Neugeborene auf einen Stein gelegt und sein Schicksal der Sonne, den Zähnen der Schakale und den Schnäbeln der Geier überlassen

Niemand, nicht einmal Nourja no'Arhan hätte sein Verhalten missbilligt. Im Gegenteil: Obwohl geschwächt von der Geburt, hätte sie das Kind eigenhändig erstickt, wenn ihr Mann nicht getan hätte, was getan werden musste.

Aber niemand sah das kommende Unheil. Ein Grund mochte sein, dass die Geburt schwer gewesen war und sich so lange hinzog, dass man um das Leben von Mutter und Kind bangte. Um so größer war daher die Freude, als beide sie heil überstanden. Die Freude steigerte sich noch, als offenbar wurde, dass der kräftige Knabe eine Glückshaube trug; und als er die Welt begrüßte, stimmten die Frauen um Nourjas Bett mit Freudentrillern in sein Schreien ein.

Als bestes Omen galt jedoch, dass der Junge genau zu Beginn der Regenzeit geboren wurde.

Der Regen hatte gleichzeitig mit den Wehen eingesetzt. Er begann als leichtes Tröpfeln, nahm beim ersten Schrei Nourjas zu und steigerte sich mit den stärker werdenden Wehen. Er löschte die Schutzfeuer und trieb die Sonakari in die Zelte. Dunkelheit fraß die Sonne; der Mittag wurde Nacht. Blitze zuckten wie Arhanvipern über den Himmel und von den Hügeln dröhnte der Donner, als käme von dort eine Armee gezogen.

»Hütet euch! Das sind die Bronzetrommeln der goldenen Reiter«, tuschelten die Alten.

Entsetztes Schweigen war die Antwort. Jeder kannte Legenden über die Reiter. Doch man hütete sich, sie im Dunklen zu erzählen. Es hieß, sie seien die Geister gefallener Feinde; gestorben in jenem Krieg, in dem die Khon die Weiten des Grasmeers eroberten. Die Gebeine der Helden, die in diesem Krieg gekämpft hatten, waren längst zerfallen, sie selber zurückgekehrt in den Kreis des Lebens. Anders die Seelen der goldenen Reiter: Sie fanden keinen Frieden. Über die Ursache gab es viele Mutmaßungen, aber alle Geschichten stimmten darin überein, dass sie Dhalori waren. Unheilbringer.

Daher griff der Geistseher nach seiner Trommel und stimmte einen Gesang an, der beruhigen und das Böse bannen sollte. Trotzdem tasteten die Sonakari nach ihren Waffen. Sie alle lauschten in den Sturm hinaus, der mit Regenpeitschen auf die aus Ziegenhaaren gewebten

Zeltbahnen einhieb.

Auch die Frauen, die Nourja no'Arhan beistanden, fürchteten sich. Keine von ihnen, ausgenommen Alizarde, die Älteste, hatte schon einmal so ein Unwetter erlebt. Alizarde bemühte sich, einen klaren Kopf zu behalten, beschäftigte die Jüngeren mit sinnlosen Aufträgen und sprach allen Mut zu.

»Das ist ein gutes Zeichen, ein sehr gutes«, versicherte sie immer wieder. »Dieses Kind ist gesegnet. Merkt euch meine Worte.« Doch auch sie schielte ein ums andere Mal verstohlen zur Zeltdecke und betete stumm um ein rasches Ende dieses Segens.

Endlich bäumte sich Nourja in einer letzten Anstrengung auf. Der Schrei, den sie dabei ausstieß, glich dem einer Löwin und übertönte sogar den Donner. Im nächsten Augenblick flutschte der Junge in Alizardes Arme.

»Wie ein Fisch«, erzählte die später dem Geistseher. »Wie ein Dharuk kam er herausgeschossen. Ich konnte ihn gerade noch auffangen.«

Mit dem ersten Schrei des Neugeborenen legte sich das Unwetter, als habe er es vertrieben. Die Arhanschlangen zogen sich hinter die Hügel zurück. Die Bronzetrommeln verloren sich in der Ferne. Der Regen ließ nach, wurde zu Niesel und hörte auf. Die Sonne fraß die letzten Wolken. Als der Junge gewaschen und in ein neu gewebtes Tuch gehüllt, aus dem Zelt getragen wurde, glitzerten die Pfützen golden.

»Die Zeichen verheißen Wohlstand, Schlachtenglück und ein langes Leben«, verkündete der Geistseher, nachdem er das Neugeborene lange betrachtet und über die Umstände seiner Geburt meditiert hatte. »Dieses Kind ist im Zeichen des Wassers geboren. Nicht des gebundenen Wassers, sondern des fallenden. Welcher Name wäre angemessener, als Dejasir?«

Das war ein in guter Name, den jeder mit Stolz tragen konnte. In der Sprache der Khon bedeutete er »starker Regen«. So ein Regen füllte die Flüsse und Wasserlöcher, ließ das Gras sprießen und machte die Herden fett. Daher bedeutete »starker Regen« im übertragenen Sinne auch »Reichtum.«

Entsprechend stolz trug Baranu no'Sonak seinen Jüngsten durch das Lager. Vor jedem Zelt blieb er stehen, um ihn zu vorzeigen. »Er heißt Dejasir und der Geisterseher hat ihm Wohlstand und ein langes Leben vorhergesagt!«

Die Vorhersage sollte sich erfüllen. Allerdings nicht in der Weise, wie alle glaubten.

Dejasir wuchs auf, wie alle anderen Kinder der Khon. Nachdem er Nourjas Tragetuch entwachsen war, wechselte er auf die Packlast eines Esels, bis seine Beine lang genug für den Pferdesattel waren. Er überstand die üblichen Krankheiten, tobte mit den Kindern seines Alters durch das Lager und brach sich beim Versuch, eines der Jungpferde zu reiten, den linken Arm. Mit fünf Jahren erhielt er ein scharfes Messer und mit sieben sein erstes

Fohlen, das er unter der Anleitung seines Vaters ausbildete, bis es ihm folgte wie ein treuer Hund. Gleichzeitig begann Baranu no'Sonak, ihn an den Waffen auszubilden.

Dejasir lernte rasch. Was ihm an Größe und Reichweite fehlte, machte er durch Ehrgeiz und Schnelligkeit wett. Später behaupteten manche, hier hätte er erstmals die Anlagen gezeigt, die so verhängnisvoll für die Khon werden sollten.

»Ein Teufel, wenn es ums Fechten ging«, erzählten sie. »Kaum ein Jahr und er besiegt seine Schwester im Schwertkampf. Hat ihr fast das Ohr abgeschnitten. Es war ein Omen! Baranu und Nourja hätten es erkennen müssen.«

Aber Baranu und Nourja maßen dem Vorfall keine Bedeutung bei. Sie wussten, dass ihre Tochter Simhadija die Nadel geschickter schwang als ihr Schwert. Und auch Simhadija tat die Angelegenheit mit einem Lächeln ab. So etwas komme eben vor, sagte sie, wenn man sie auf den Verband ansprach. Sie habe nicht aufgepasst. Außerdem sei es nur ein Kratzer.

Dejasirs Kindheit endete, als sein Fohlen eingeritten war. Alle Sonakari sahen zu, wie er den jungen Wallach sattelte und drei Mal um das Lager ritt; zuerst im Schritt, danach im Trab, zuletzt im Galopp. Bei jeder Runde wurde ein Gegenstand auf den Boden gelegt, der für das Erwachsensein stand und den er aufheben musste. Das Erste war eine warme Decke aus bunter Wolle, die ihn nachts warm halten sollte. Als Zweites kamen ein Bogen samt Pfeilköcher. Den Abschluss bildete ein kleiner Bronzekessel als Zeichen, dass er von nun an für sich selber sorgen musste.

Dejasir schnallte die Decke hinter den Sattel, hängte sich Bogen und Köcher über den Rücken und den Kessel an den Sattelknauf. Damit war er ein Loshazaru, ein Hüter. Von nun an war sein Platz bei den Herden. Er würde sie bewachen, zu den Wasserstellen leiten und vor Raubtieren und anderen Dieben schützen, bis er eine Frau fand, die mit ihm in eines der schwarzen Zelte zog. Aber die Loshazari waren nicht nur Hirten, sondern auch Krieger, die bei Stammesfehden und Auseinandersetzungen mit den Sesshaften in die Schlacht zogen, während die Asjeanari, die verheirateten Khonari, das Lager verteidigten.

Zu Ehren seiner neuen Stellung gab es ein Festessen, bei dem Dejasir das erste Mal Wein trinken durfte. Er mochte den Geschmack nicht und nur der Anstand hielt ihn davon ab, das saure Zeug auf der Stelle auszuspucken. Auch der leichte Schwindel, der ihn bald darauf befiel, war ihm unangenehm. Dafür gefielen ihm die Träume dieser Nacht um so mehr. In ihnen trat er an die Stelle der mythischen Helden, über die die Sänger bei der Feier gesungen hatten. Was er in ihnen erlebt, erschien ihm als Omen, als Vorzeichen großer Taten, die er für seine Familie und den Stamm vollbringen würde.

Das Hochgefühl machte ihm den Abschied von Eltern und Geschwistern leicht. Obwohl er wusste, dass er sie lange nicht wiedersehen würde, jubelte sein Herz. Jetzt war er ein Mann. Frei wie der Wind im Gras, bereit zu großen Taten. Lächelnd schwang er sich in den Sattel und ritt an der Seite seines Bruders Sajazaru in die Steppe hinaus. Den ganzen Tag hielt Dejasir den Blick auf den Horizont gerichtet, wo das Leben lag, das ihn erwartete. Wenn er zurück kam, würde er ein Held sein.

Die erste Nacht im Freien brachte die Ernüchterung. Himmel und Steppe waren beängstigend hoch und weit und die Nacht angefüllt mit unbekannten Geräuschen. Dejasir fehlten das beruhigende Dunkel und die Enge des Zeltes, das vertraute Schnarchen seines Vaters und die warmen Körper der jüngeren Geschwister. Immer wieder zuckte er aus unruhigen Träumen hoch und musste sich vergewissern, Bogen und Dolch in Griffweite zu haben.

Entsprechend müde war er am Morgen. Er bekam kaum mit, was beim gemeinsamen Frühstück gesprochen wurde. Erst, als Arhanadin, eines der älteren Mädchen ihn an der Schulter packte und aufforderte, sein Pferd zu satteln, begriff er, dass es um die Aufteilung der Aufgaben gegangen war.

»Kann ich nicht mit Sajazaru reiten?«, fragte er.

Sie schüttelte den Kopf. »Sajazaru ist bei den Großen.«

»Aber ...« Er wollte sagen, dass Sajazaru immerhin sein Bruder sei und auf ihn aufpassen werde, doch sie ließ ihn nicht zu Wort kommen.

»Kein Aber! Die Großen hüten die Rinder. Das ist nur etwas für erfahrene Reiter und Pferde. Oder willst du, dass dein Pferd durchgeht und sich ein Bein bricht, weil es vor einem Kalb erschrickt? Sicher nicht. Also komm jetzt! Wir müssen die Ziegen und die Schafe rausbringen.«

Das klang einfach, aber Dejasirs Wallach war die hüpfende, blökende und meckernde Masse im Pferch alles andere als geheuer. Er stieg, bockte und brach nach der Seite aus, als Dejasir ihn mit Sporen und Peitsche antrieb. Am Ende musste Dejasir absteigen und ihn am Zügel führen, um ihn wenigstens in die Nähe der Herde zu bringen. Arhanadins Pferd dagegen war die Ruhe selber. Gleichmütig schritt es zwischen den wuselnden Leibern hindurch. Sogar als Arhanadin die Peitsche knallen ließ, um die letzten Tiere aus dem Gatter zu treiben, blieb es noch gelassen stehen.

Dejasirs Wallach hingegen verdrehte die Augen und riss so sehr am Zügel, dass sich Dejasir die Hände blutig schürfte. Allmählich begriff er, dass in Arhanadins Worten keine Missachtung gelegen hatte. Trotzdem fühlte er sich beschämt, weil er keine Hilfe war, sondern nur zusehen konnte, wie sie zusammen mit vier anderen Loshazari die Herde aus dem Gatter zur Tränke und auf die verabredete Weidefläche trieben.

Als die Herde friedlich graste, tauchte Arhanadin an seiner Seite auf. Sie und ihre braune Stute wirkten vollkommen entspannt und in ihrer Gegenwart wurde auch Dejasirs Wallach ruhiger. Dafür wuchs Dejasirs eigenes Unbehagen. In ihm brannte das Gefühl, sich für sein Ungeschick entschuldigen zu müssen, aber die Worte schlugen Wurzeln in seiner Brust und er brachte nichts heraus. Eine Weile sprach keiner von beiden.

Schließlich sagte sie: »Es braucht Zeit, weißt du? Die Pferde müssen sich genauso an das alles gewöhnen, wie du. Und es ist harte Arbeit, bevor es einem leicht fällt.«

Er hatte das Gefühl, durchsichtig zu sein. Woher sonst sollte sie seine Gedanken kennen? Gleichzeitig hätte er sie gerne gefragt, warum sie das sagte. Ob es bei ihr genauso gewesen sei und ob andere ebenso versagt hätten. Aber bevor er den Mund aufbekam, zog sie unvermittelt die Brauen zusammen, straffte sich und stieß einen schrillen Ruf aus. Gleichzeitig ließ sie die Peitsche knallen, so dass die Stute den Kopf hoch riss und augenblicklich in Galopp fiel. Zwei andere Loshazari nahmen ihren Ruf auf und galoppierten mit Geschrei und Peitschenknallen auf einen gemeinsamen Punkt abseits der Herde zu.

»Bersonak«, erklärte sie, als sie zurückkam. »Ein Wildhund. Nur ein Einzeltier, also kein Problem.« Sie strich sich eine Haarsträhne aus der Stirn und fuhr fort: »Schwierig wird es, wenn ein Rudel in der Nähe ist. Zusammen können sie die ganze Herde in Panik versetzen und eine Herde in Panik ..."

Sie führte den Satz nicht zu Ende. Dejasir begriff, dass sie eine Antwort erwartete, dass das Gespräch Teil seiner Ausbildung war.

"Eine Herde in Panik wird kopflos?", antwortete er. "Sie rennen weg."

Arhanadin nickte. "Es ist dann unmöglich, sie noch

beisammen zu halten. Deswegen vertreiben wir Wildhunde sofort.« Sie musterte Dejasir, bis er seinerseits
nickte. »Gefährlich wird es, wenn Löwen oder Hyänen in
der Nähe sind. Wildhunde sind feige. Die kuschen. Sogar
vor einzelnen Reitern. Aber wenn du einen Löwen oder
eine Hyäne siehst, rufst du erst um Hilfe, verstanden?
Gegen die gehen wir nur als Gruppe vor. Vereint schlagen
wir nämlich sogar ein Löwenrudel in die Flucht!«

Dejasir nickte erneut. Gleichzeitig kam er sich unglaub-
lich überflüssig vor. Was konnte er für eine Hilfe sein? Er
hatte nicht einmal die Schwanzspitze des Bersonak gesehen. Außerdem bezweifelte er, dass er sein Pferd über-
haupt in dessen Nähe gebracht hätte. Sein Pferd, das sich
sogar vor Schafen fürchtete! Wie würde es erst reagieren,
wenn Löwen oder Hyänen auftauchten? Nein, auf sein
Pferd, auf dessen Ausbildung er so stolz gewesen war,
konnte er sich nicht verlassen. Beschämt senkte er den
Blick, sagte aber nichts. Das fehlte gerade noch, dass sie
ihm versicherte, er müsse sich keine Sorgen machen. Die
Gruppe würde auch ihn beschützen.

Aber sie sagte nichts dergleichen, sondern zog eine Flö-
te aus der Satteltasche und begann zu spielen, als sei
nichts geschehen. Eine andere Loshazara fiel ein und sang
mit. Dejasir drehte sich um. Die Sängerin saß quer im Sattel und schnitzte; ein Knie über das Sattelhorn gelegt, das
andere Bein lang herabhängend, während ihr Pferd ruhig
graste. Die übrigen Loshazari wirkten ähnlich entspannt.
Sie aßen, tranken, besserten ihre Ausrüstung aus oder
machten Musik, während sie gemächlich an den Flanken

der Herde entlang patrouillierten.

Dejasir bewunderte ihre Lässigkeit. So wollte er auch sein. Wenn möglich, besser.

Schon beim Abendfeuer hielt er sich in der Nähe der erfahrenen Loshazari. Er sprach wenig, redete nur, wenn er angesprochen wurde. Dafür hörte er um so genauer zu und beobachtete alle um sich herum. Er studierte die Haltung der anderen Loshazari, ihre Bewegungen, ihr Verhalten gegenüber den Schafen, den Ziegen, ihren Pferden und den anderen Hütern. Er hörte genau hin, wenn sie über die Herde sprachen; versuchte, kein Wort zu verpassen und alles zu behalten, was es über Krankheiten, Klauenpflege, Schur, Raubtiere, Futterpflanzen, Weideplätze und Wanderrouten zu wissen gab.

Den Sattel verließ nur noch, wenn es nicht anders ging. Zum Schlafen etwa, zum Melken oder um Feuer für das Essen zu schüren. Abends, wenn die Herde in den sicheren Pferch getrieben war, übte er den Umgang mit Fangstock, Peitsche und Seil und trainierte sein Pferd, bis er ein Lamm von der Herde absondern, in den Sattel nehmen und ihm dort die Klauen schneiden konnte, ohne es zu verletzen.

»Du bist gut, kleiner Bruder«, sagte Sajazaru anerkennend. »Wenn du so weiter machst, wirst du nicht lange bei den Ziegen bleiben.«

Aber Dejasir war nicht zufrieden. Es gab noch so viel zu lernen. So viel, das er nicht wusste oder nicht konnte. Außerdem stand das Arran dei Konari an, das Treffen aller Stämme.

Das Arran dei Khonari war der Höhepunkt des Jahres. Hier trafen sich nicht nur die Bejitasir aller Stämme zum Rat der Häuptlinge. Es wurden Geschäfte gemacht, Bündnisse geschlossen, Freundschaften erneuert und Feindschaften begraben. Und es wurden Wettkämpfe abgehalten, bei denen ausgewählte Loshazari darin wetteiferten, ihr Können vorzuführen. Den Siegern winkten neben Ruhm auch wertvolle Preise: Schafe, Waffen oder Schmuck – je nach Art des Wettkampfs. Aber um für diese Kämpfe erwählt zu werden, musste man mehr können, als einem Lamm die Klauen zu schneiden. Viel mehr. Der Stammesrat sorgte dafür, dass nur die Besten teilnahmen. Dejasir wusste, dass er nicht dazu gehörte, denn er unterlag seinen Kameraden im Ringen genauso, wie beim Bogenschießen oder Schwertkampf. Sein Pferd war nicht wendig genug für die Reiterspiele und nicht schnell genug für die Rennen.

»Nächstes Jahr«, versprach er sich selber, als die Entscheidung gefallen war. »Nächstes Jahr werde ich es euch allen zeigen.«

Tatsächlich dauerte es noch fünf Jahre, bis der Stammesrat entschied, dass er gut genug sei, die Sonak bei den Reiterspielen zu vertreten. Da hütete Dejasir längst keine Ziegen und Schafe mehr, sondern Rinder und alle, die ihn kannten, lobten seinen Mut und seine Entschlossenheit. Er besaß inzwischen ein zweites Pferd, ebenfalls einen Wallach, kleiner als sein erster und auf den ersten Blick wenig beeindruckend, aber schnell im Antritt, wendig und ohne Scheu vor anderen Pferden, Rindern oder Raubtieren.

Mit diesem Pferd gewann er die Reiterspiele als jüngster Sieger, an den sich die Khonari erinnern konnten. Zu seinem eigenen Erstaunen befriedigte der Sieg ihn nicht. Schon als er seinen Preis, ein besonders schön gearbeitetes Zaumzeug, entgegen nahm, dachte er daran, wo seine Fehler gelegen hatten. Er wollte stärker werden. Besser.

KAPITEL 2

Im gleichen Jahr lernte Dejasir eine ganz neue Welt kennen, als die Sonakari in der Nähe von Akkahaq lagerten; einem kleinen Ort in D'jaafur. Er unterschied sich von den anderen Dörfern der Region nur dadurch, dass er einen Markt besaß, der von den Einheimischen hochtrabend als Bazaar bezeichnet wurde. Doch wegen dieses Markts war Akkahaq ein fester Wegpunkt auf der Wanderroute der Sonakari. Im Frühling und im Herbst schlugen sie ihr Lager in der Nähe auf: Einige Rittstunden entfernt, aber nahe genug, um Handel zu treiben.

Die Sonakari waren geschickte Handwerker, berühmt für ihre Lederwaren und die leuchtend bunten Teppiche. Ihrerseits benötigten sie vor allem Salz und Hirse, aber auch Krüge, Färbemittel und andere Waren, die sie nicht selber herstellen konnten. Auf dem Bazaar von Akkahaq gab es alles das und mehr. Selbst Sonakari, die nie dort gewesen waren, schwärmten von seinen Wundern.

Schon Wochen zuvor bedrängten sie den Bejutasir, den Besuch freizugeben. Jeder wollte dort hin. Aber wie in jedem Jahr lehnte der Bejutasir ab und am Ende siegte die Einsicht, dass man das Lager nicht verwaist und schutzlos zurücklassen konnte. Danach war es nicht weit zu dem Beschluss, den Handel wie im Vorjahr erfahrenen Asjeanari zu überlassen. Solchen, die die Händler kannten und sich nicht leicht übertölpeln ließen. Freiwillige gab es genug. Jede Familie hoffte, wenigstens ein Mitglied mitschicken zu können, das sicher stellte, dass ihre Waren nicht unter Wert verkauft und das, was sie brauchten, nicht überteuert eingekauft wurde. Trotzdem entschied der Stammesrat nach eingehender Beratung, nur drei Asjeanari loszuschicken. Drei sei eine gute Zahl: ausreichend viele, um zu beraten und wenig genug, um rasch zu entscheiden. Zu ihrem Schutz sollten sie von sechs Loshazari begleitet werden, je zwei für die Packtiere, die Vor- und die Nachhut. Gleichzeitig konnten die jungen Leute auf diesem Ausflug lehrreiche Erfahrungen sammeln.

Dieser Beschluss fand allgemeine Zustimmung, nachdem der Geistseher darauf hinwies, dass auch die Neun eine sehr gute Zahl sei. Sie stehe für den Stamm und damit für Sicherheit, ließe aber noch Raum für Wachstum und Gedeihen, weil Vollendung erst mit der Zwölf eintrat. Mit neun Teilnehmern, so folgerte er, würden sie fast zwangsläufig die besten Geschäfte machen.

Darüber, welche Asjeanari nach Akkahaq reiten sollten, beriet der Rat fast die ganze Nacht. Aber die Entscheidung, Dejasir als Belohnung für seinen Erfolg bei den Wettkämpfen der Arran dei Khonari mitzuschicken, fiel einstimmig.

Dejasir bedankte sich in gebotener Form für die Ehre, obwohl er wenig damit anzufangen wusste. Was interessierten ihn die Sesshaften? Was konnte es in ihren Steinhaufen geben, das die Steppe nicht bot?

Der Auftrag wurde ihm noch lästiger, als die Asjeanari ihm seine Aufgaben erklärten. Die Ermahnungen und Anweisungen schienen endlos. Sich gerade halten. Auf das Ansehen der Khon im Allgemeinen und der Sonak im Besonderen achten. Nicht starren. Nicht verwirren lassen von den Menschen, Gebäuden, und, und, und. Endloses Wortgedröhn. Dejasir biss sich vor Ungeduld auf die Innenseite der Wangen. Er hatte die Arhan dei Khonari erlebt. Da war er Menschen und Gewimmel ja wohl gewohnt! Lässig nahm er den zugewiesenen Platz am Ende der kleinen Karawane ein.

Seine Lässigkeit bekam die ersten Risse, als er die Bauern auf ihren Feldern sah. Was für ein erbärmliches Leben! Sie klebten an der Erde, wie die Erde an ihnen. Klein und krumm wirkten sie, als sei der Schmutz ein Gewicht, das sie hinabzog. Und wofür? Glücklich sahen ihre gekerbten Gesichter jedenfalls nicht aus. Dejasir meinte, Neid darin zu lesen, wenn sie sich aufrichteten und, auf ihre Geräte gestützt, die vorbeireitenden Sonaki musterten. Im Gefühl seiner Überlegenheit straffte er seinen Rücken. Sollten sie ihn doch anstarren. Sollten sie ihn beneiden. Ihn, der jung war, stark und frei; bunt gekleidet und mit Ketten um Arme und Hals geschmückt - statt grau, verhärmt und gebunden wie sie.

Als sie sich den Mauern von Akkahaq näherten, änderte sich der Geruch. Unter den nach Erde, Gras und Staub mischte sich stechende Süße. Unwillkürlich rümpfte Dejasir die Nase. Selbst die starken Gerüche, die sich bei der Arran dei Khonar entwickelten, waren nichts gegen das, was der Wind von der Siedlung herantrug. Es stank nach Schweiß, Pisse und Verwesung, fauligem Wasser, ranzigem Fett und verrottendem Obst. Dejasir atmete erst flacher und schließlich durch den Mund. Trotzdem wurde das Gefühl der Übelkeit so überwältigend, dass er sich zwingen musste, weiter zu reiten.

»Sie werfen ihre Abfälle vor die Mauern«, sagte einer der Alten. »Drinnen wird es besser.«

Tatsächlich ließ der Gestank hinter dem schmalen, dunklen Stadttor nach. Dafür fand sich Dejasir in einem neuen Albtraum aus Enge, Lärm und Dunkelheit gefangen. Die Straße, über die sie ritten, war düster, aber voller Menschen, Karren, Hühner und räudiger Hunde. Wie ein Wadi zickzackte sie durch das Gebirge der Lehmmauern, deren glatte Fronten nur gelegentlich von einer bunten Tür durchbrochen wurden. Größere Aussparungen gab es nur weit oben, wo kein Arm hinreichte und kein zufälliger Blick von der Straße hinfallen konnte. Trotzdem spannten sich Gitter davor: manche einfach, andere kunstvoll geschmiedet oder reich geschnitzt und bunt bemalt. Dahinter klangen Stimmen und Lachen auf die Straße herunter, aber auch Gesang, Gezänk und das Geschrei kleiner Kinder.

Noch weiter oben waren Wäscheleinen von Haus zu Haus gespannt. Die flatternden Schatten erschreckten die

Pferde. Ihr Schnauben und der scharfe Hufschlag verwoben sich mit der Kakofonie aus Hühnergeschrei, Hammerschlägen, Warnrufen, Weibergezänk, einer kreischenden Säge, dem Scharren von Mühlsteinen, klapperndem Geschirr und knirschenden Wagenrädern zu einem dröhnenden Band, das sich immer fester um Dejasirs Schläfen schloss. Nur mit Mühe gelang es ihm, seine Züge ruhig und sein Essen bei sich zu behalten.

Endlich öffnete sich die Straße zu einem Platz und Dejasir konnte wieder freier atmen. Sie waren am Ziel.

Nun hatte der Bazaar von Akkahaq nichts mit den großen Bazaaren von Hesbaan oder Hortar gemein, sondern war nur ein staubiger, sonnendurchglühten Platz in der Nähe des Osttors, auf dem ein paar Dutzend Händler Waren feil boten. Den unerfahrenen Loshazari jedoch schien es, als seien alle Reichtümer der Welt auf den wackeligen Tischen der Kaufleute ausgebreitet. Sie wechselten sich mit dem Bewachen der Pferde ab, damit jeder von ihnen das Angebot bestaunen konnte, während die Alten ihre Geschäfte machten. Und was gab es nicht alles zu sehen: Bestickte Seidenstoffe flirrten neben silbernen Kannen mit langen Tüllen und großen, getriebenen Kupfertabletts. Andere Händler boten Obst und Gemüse feil, das unter staubbedeckten Markisen dahinwelkte. Am Metzgerstand krochen dicke Fliegen über halbe Ziegen und Rinder. Ein Bäcker bot seine runden Brote in großen Körben an. Dazwischen liefen schmutzige Kinder umher, die lauthals Sesamkringel, gebackene Erbsen oder kaltes

Wasser ausriefen.

Dejasir wünschte sich tausend Augen, um alles aufzunehmen. Kaum war sein Blick auf die Auslage eines Waffenschmieds gefallen, als er von dem Goldschmuck abgelenkt wurde, der am Stand daneben in der Sonne gleißte. Für einen Moment fesselte das Angebot eines Möbelhändlers seine Aufmerksamkeit, aber bevor er sich noch darüber wundern konnte, wozu die schweren, geschnitzten Ungetüme dienten, drängte schon wieder Neues ins Blickfeld. Wie im Traum wanderte er von einem Händler zum nächsten, und die schiere Vielzahl der angebotenen Waren blendete ihn so, dass er nicht merkte, dass das Meiste Tand minderer Qualität war. Die erfahreneren Sonakari gingen daher auch stracks zu den Händlern, mit denen sie seit je her ihre Geschäfte machten. Trotzdem zog sich das Feilschen eine geraume Weile hin, was aber keinen der Loshazari störte. Im Gegenteil: Allen erschien der Aufenthalt in Akkahaq viel zu kurz.

Dejasir enttäuschte aber auch die Menge der eingetauschten Waren. Sie kam ihm lächerlich gering vor. Er hätte am liebsten den ganzen Markt mitgenommen.

Als er seinem Vater von dem Gesehenen vorschwärmte, schüttelte der verständnislos den Kopf.

»Hast du nicht alles, was du brauchst? Wozu willst du dich mit Dingen belasten, die du nicht mit dir tragen kannst?«

Darauf wusste Dejasir keine Antwort. Die Vernunft sagte ihm, dass sein Vater recht hatte. Aber sein Herz war nicht befriedet und der Wunsch nach Besitz brannte sich tiefer und tiefer in seine Seele. In seinen Träumen sah er sich die Reichtümer Akkahaqs unter den Sonakari verteilen, sah die Freude auf den Gesichtern seiner Verwandten und Freunde und hörte das ehrfurchtsvolle Getuschel der anderen Stämme.

Doch kein anderer Khonar, nicht einmal sein engster Freund Kabanu verstand diesen Traum. Für alle, mit denen Dejasir sprach, bestand Reichtum darin, eine eigene Viehherde, ein gutes Pferd und ein schwarzes Zelt zu besitzen. Alles darüber hinaus war Luxus, wie die Ringe, Ketten und Bänder, mit denen die Khonari sich schmückten. Luxus, den man gerne vorzeigte und der auch Ansehen verlieh, auf die man aber ebenso verzichten konnte.

Dejasir begriff, dass er auf sich gestellt war. Trotzdem wollte er nicht klein beigeben. Bisher war ihm alles geglückt, was er sich vorgenommen hatte und er sah keinen Grund, warum es in diesem Fall anders sein sollte.

Das Ziel, den Wohlstand der Sonakari zu mehren, bestimmte fortan Dejasirs ganzes Denken. Ihm war bewusst, dass er Verbündete brauchte, Macht und Einfluss. Aber noch war er, was das betraf, ein Niemand. Ein Träumer, über dessen hochfliegende Pläne selbst die Jüngeren lachten und dem die Alten erst gar nicht zuhörten. Da mochte er noch so oft aus der Arran dei Khonari als Sieger hervorgehen - die Meinung der Loshazari galt so viel, wie der Wind in Gras. Nur die Stimme eines Asjeanar, eines Verheirateten hatte Gewicht. Daher gab es nur einen Weg, sich Gehör zu verschaffen: Er musste heiraten.

Nun wäre es kein Problem gewesen, eine Braut zu finden. Dejasir kam aus guter Familie, war gesund und sah gut aus. Er war schlank, breitschultrig, und schmalhüftig; die Gesichtszüge ebenmäßig und der Blick seiner mandelförmigen Augen klar und fest. Viele Mädchen warfen ihm einladenden Blicke zu und nach seinem Sieg bei der Arran dei Khonari hatten mehrere Familien wegen einer Verbindung vorgesprochen. Doch die Sitte verlangte, die älteren Geschwister zuerst zu verheiraten. Seine Schwester Simhadija hatte sich bereits für einen Jungen aus dem Stamm der Noonuk entschieden, aber Sajazaru machte keine Anstalten, sich zu binden und Baranu und Nourja drängten ihn nicht. Also versuchte Dejasir es alleine.

Sein Versuch, das Thema indirekt anzugehen, war allerdings so plump, dass Sajazaru ihn mühelos durchschaute. Er musterte Dejasir von Kopf bis Fuß und sagte dann mit einem verschwörerischen Lächeln: »Lass es gut sein, kleiner Bruder. Natürlich gibt es Mädchen, die mir gefallen. Aber ich habe es nicht eilig, die Weite der Steppe und des Himmels gegen die Enge eines Zelts und Verpflichtungen einzutauschen.« Sein Lächeln wurde breiter und er zwinkerte Dejasir zu. »Nicht, so lange ich den Spaß umsonst haben kann.«

Dejasir errötete. Seine Heiratswünsche waren ausschließlich von dem Wunsch nach Einfluss bestimmt. Auf dem Gebiet, das sein Bruder andeutete, hatte er aus Schüchternheit noch keine Erfahrungen gesammelt, auch wenn er insgeheim seit der Arran dei Khonari in Shoulaika no'Maroum verliebt war. Sie hatte dort einen Säbeltanz aufgeführt, dessen Eleganz und Schnelligkeit jedem den Atem stocken ließ. Auch Dejasir hatte gebannt zugesehen und erst wieder Luft geholt, als sie sich vor den Zuschauern verbeugte. Noch nie hatte er jemanden gesehen, der den Säbel so präzise führte. Schon dafür bewunderte Shoulaika zutiefst. Doch da war noch etwas anderes, das sich nur schwer in Worte fassen ließ. Als sie sich wieder aufrichtete und die Haare zurück warf, traf ihn kurz der Blitz ihrer Augen. Von da an nistete Shoulaika in seinem Kopf und seinem Herzen. Ihm wurde warm und wundersam, wenn er an sie dachte. Süß war sie, wie der Saft des Granatapfels; gefährlich wie eine Arhanviper und schön, wie die Sterne am Nachthimmel – aber ebenso unerreichbar. Ihm fehlte der Mut, sie direkt anzusprechen und da Sajazaru vor ihm heiraten musste, konnte er auch mit seinen Eltern nicht über sie sprechen. Dejasir blieb nur, Shoulaika mit in seine Träume zu nehmen.

Das Verhältnis der Brüder blieb auch nach diesem Gespräch freundschaftlich. Sie redeten jetzt öfter über Mädchen und Heirat, und Dejasir zog seinen Bruder regelmäßig mit dessen Freundinnen auf. Da dies aber auf eine freundlich-scherzhafte Weise geschah, nahm Sajazaru keinen Anstoß. Man kann nur mutmaßen, was geschehen wäre, wenn einer der Brüder die Geduld oder die Lust an diesem Spiel verloren hätte.

Doch bevor es so weit kam geschah etwas anderes, das großes Leid über die Sonakari brachte: Viehdiebe raubten eine der Rinderherden und töteten sämtliche Hirten, darunter auch Sajazaru. Wer diese Morde begangen hatte, wurde nie geklärt. Manche sagten, es seien die Koshak gewesen, weil zwischen ihnen und den Sonak ein Streit über Weide- und Wasserrechte schwelte. Andere vermuteten einen Racheakt der Ferul, denen Loshazari der Sonak zuvor einige Zuchtstuten gestohlen hatten. Wieder andere beschuldigten die Sesshaften. Sie sagten, so ehrlos, hinterhältig und brutal handle nur ein Bauer.

Dejasir war einer derjenigen, die die Toten fanden. Sein Verstand weigerte sich zunächst, zu glauben, was seine Augen sahen. Sie konnten nicht alle tot sein. Schon gar nicht Sajazaru. Nicht sein großer, starker Bruder! Als sie schließlich auch seine Leiche fanden, war Dejasir, als würde ihm ein Teil seiner Seele entrissen.

Der brennende Schmerz hielt auch lange nach Abschluss der Trauerriten an, bei denen die Toten gewaschen, neu eingekleidet und bei Sonnenaufgang unter Gesängen zu einer erhöhten Stelle in der Steppe getragen wurden. Hier entzündete man Feuer, aß und trank ein letztes Mal mit ihnen, erzählte sich die Geschichten ihres Lebens und ihnen die Legenden der Ahnen, damit sie in den kommenden wirren Zeiten nicht vergaßen, wer sie waren. Wenn die Sonne den Horizont wieder berührte, wurden die Feuer gelöscht und die Lebenden kehrten ins Lager zurück. Die Toten blieben unbeerdigt liegen, damit ihre Körper schnell zerfielen und ihre Seelen frei wurden, in den Kreislauf des Lebens zurückzukehren.

Dejasir fiel es schwer, sich nicht nach Sajazaru umzudrehen, als er an der Seite seiner Eltern zu den schwarzen Zelten zurückkritt. Trotzdem gelang es ihm, den Blick nach vorn zu richten, bis Nourja die Hand ausstreckte und auf seine legte. Durch die Berührung wurde der Schmerz messerscharf. Dejasir konnte sich gerade noch so weit beherrschen, nicht aufzuschreien - aber gegen die aufsteigenden Tränen war er machtlos.

»Weine nur«, sagte Nourja leise. »Es ist keine Schande, um die zu weinen, die man liebt.«

An ihrer Stimme hörte er, dass auch sie weinte.

Der Schmerz wich einer dumpfen Betäubung, die in Wut überging, als Dejasir wieder klarer denken konnte. Sie galt den Mördern seines Bruders ebenso, wie dem Verlust der Rinder. Zwar musste niemand deshalb Hunger leiden, aber weniger Rinder bedeuteten weniger Leder und damit weniger Tauschwaren für den Bazaar von Akkahaq. In diesem Jahr würden die Händler nur das Lebensnotwendige zurückbringen; keine Seide, kein Zuckerzeug, noch irgendetwas anderes von dem Luxus, nach dem sich Dejasirs Herz sehnte.

Als sei das nicht genug, betraf der Raub auch ihn persönlich. In der geraubten Herde waren mehrere wertvolle Zuchttiere seiner Familie gewesen. Ihr Verlust schmälerte nicht nur das Ansehen, das sie innerhalb der Sonak genossen, sondern auch das seines Stammes insgesamt.

Das alles schrie nach Rache. Zum ersten Mal in seinem Leben füllten sich Dejasirs Träume mit Blut. Irgendwann, schwor er, irgendwann würden die Täter bezahlen.

Sajazarus Tod hieß aber auch, dass Dejasir seine Heiratspläne umsetzen konnte. Als ihm das bewusst wurde, nahm er seinen ganzen Mut zusammen und bat seine Eltern um die Erlaubnis für einen Besuch bei den Maroum.

»Die Maroum, eh?«, fragte Baranu. »Wer ist das Mädchen?«

Dejasir geriet ins Stocken. Was, wenn sie sein Verlangen als Zeichen kindischer Unreife sahen? Ein Grasfeuer, schnell entflammt und genauso schnell erloschen?

Baranu und Nourja jedoch wechselten nur einen langen Blick, dann seufzte Nourja. »Einen reichen Stamm hast du dir ausgesucht, Sohn, und einen stolzen dazu. Ich weiß nicht, ob wir da mithalten können. Vor allem jetzt nicht, nachdem man uns so viele Tiere gestohlen hat.«

Baranu nickte erst zustimmend, wandte dann aber ein: »Es könnte sein, dass die Nachricht noch nicht zu ihnen gedrungen ist. Und selbst wenn – wir brauchen Verbündete. Gerade jetzt. Ein Freundschaftsbesuch kann nicht schaden.«

Dejasir musste sich zurückhalten, nicht vor Freude aufzuspringen. »Das heißt: Ihr erlaubt es?«, fragte er atemlos.

»Aber ja«, sagte seine Mutter. »Wir müssen uns nur ein passendes Geschenk überlegen.«

Dejasir konnte sein Glück kaum fassen. Er wollte schreien, lachen, tanzen - auch wenn so ein Verhalten für einen Mann ganz undenkbar war. Er musste sich damit begnügen, beiden die Hände zu küssen und seine Gefühle in Dankesworte zu pressen.

Seine Freude hielt den langen Ritt durch die Steppe an. Sie umhüllte ihn mit einem Mantel der Zuversicht, bis er die Herden der Maroum erreichte, wo zwei Loshazari hinter ihm zu kichern begannen, nachdem er sie gefragt hatte, wo Shoulaika zu finden sei. Augenblicklich erstarrte etwas in ihm. Die Leichtigkeit, die er bisher verspürt hatte, wich einem Gefühl, das erschreckende Ähnlichkeit mit Furcht hatte. Mühsam beherrscht ritt er weiter.

Shoulaika begrüßte ihn mit einem Lächeln, das jedoch erlosch, als sie den Zweck seines Besuchs erkannte. Sie wurde weder ärgerlich, noch unfreundlich, aber sie sagte sehr direkt, dass sie nicht die Absicht habe, zu heiraten. Jedenfalls noch nicht.

»Ich liebe die Weite der Steppe mehr als den Mief eines Zeltes«, erklärte sie freimütig, »Ich will den Wind auf dem Gesicht spüren und meine Stute unter mir. Außerdem ist mir das Brüllen der Rinder lieber als Kindergeschrei.«

Vielleicht hätte sie ihre Meinung geändert, wenn er hartnäckiger um sie geworben hätte. Aber in Shoulaikas Fall versagte Dejasirs Hartnäckigkeit. Er wendete seinen Wallach und ritt ohne ein weiteres Wort in die Steppe hinaus. In seinem Kopf hallte der Gedanke: »Du wärst die Löwin an meiner Seite gewesen«, aber er sprach ihn nicht aus.

Als sei die Angelegenheit für ihn beendet, unternahm er keinen zweiten Versuch, mit Shoulaika zu sprechen. Mehrere Jahre vergingen, bis sie einander wiedersahen.

In Kuriza no'Liazam fand Dejasir schließlich die Braut, die er suchte. Sie hatte ihn auf der Arran dei Khonari gesehen und sich ebenso in ihn verliebt, wie er sich damals in Shoulaika verliebt hatte. Kuriza war reizlos und mit keinerlei ungewöhnlichen Fähigkeiten begabt, sanft und ein wenig schwächlich. Aber sie war die Tochter des Bejutasir, des Stammeshäuptlings und schon das machte sie zu einer guten Verbindung.

Die Hochzeit wäre eine Frage von Tagen gewesen, aber die Verhandlungen darüber, bei welchem Stamm das Paar leben sollte, zogen sich eine Weile hin. Schließlich setzten sich Baranu und Nourja mit dem Argument durch, dass eine von Kurizas älteren Schwestern mit ihrem Mann bei den Liazam lebte, während Dejasirs Schwester zu den Noonuk gezogen war, so dass es nur gerecht sei, wenn Dejasir und Kuriza den Sonak angehörten.

Kuriza brachte ihr eigenes, nach den Maßstäben der Khon üppig ausgestattetes Zelt mit in die Ehe. Damit hatte Dejasir sein erstes Ziel erreicht: Er war vom Loshazaru zum Asjeanaru aufgestiegen und konnte im Stammesrat sprechen. Meist sprach er für Kuriza mit, die stumm und bewundernd neben ihm saß.

KAPITEL 3

Dejasir gebrauchte seine neu gewonnenen Möglichkeiten klug. Er zollte den Älteren Respekt und vermied aussichtslose Streitigkeiten. Gleichzeitig beobachtete er die Reaktionen der übrigen Asjeanari genau. Auf diese Weise entwickelte er ein feines Gespür dafür, wer mit welchen Entscheidungen unzufrieden war. Die Unzufriedenen suchte er auf, hörte ihnen zu und bestärkte sie in ihrer Haltung. Gleichzeitig warb er um Geduld.

»Noch sind wir zu wenige, um eine offene Auseinandersetzung zu führen«, erklärte er ein ums andere Mal. »Mir gefällt diese Kriecherei auch nicht, aber so lange die Alten in der Mehrheit sind, müssen wir wenigstens so tun, als würden wir sie und ihre verstaubten Traditionen achten. Ehrerbietung ist im Moment der einzige Weg, der zum Ziel führt, daher müssen wir sie heucheln. Aber die Zeit ist mit uns! Der Tag wird kommen, an dem wir der Sturm sind, der den alten Staub hinwegfegt. Bis dahin – Geduld.«

Auf diese Weise schloss er Bündnisse und bot sich als Vermittler an. Seine Anhängerschar wuchs mit jedem Erfolg, den er den Alten in zähen Verhandlungen abrang.

34

Aber auch sie schätzten ihn, weil er ihnen gegenüber immer respektvoll auftrat. So galt Dejasir bald allgemein als kluger Gesprächspartner und Verhandlungsführer.

Schließlich fand er, dass es Zeit sei, seine Macht auf die Probe zu stellen. Die Auseinandersetzung zweier Gruppen von Loshazari über Weide- und Wasserrechte bot einen willkommenen Anlass. Die Lösung, die Dejasir vorschwebte, bedeutete einen Bruch mit den Traditionen und damit die offene Konfrontation mit den Alten. Für seine Anhänger brachte sie außerdem einige entscheidende Vorteile, ohne dass die übrigen Sonakari darunter leiden mussten. Dejasir konnte nur gewinnen. Selbst wenn der Rat sich seinen Argumenten nicht anschloss, hätte er seinen Anhängern Mut und Kampfgeist demonstriert. Gleichzeitig war die Angelegenheit unbedeutend genug, um eine Niederlage ohne Gesichtsverlust zu überstehen.

Als der Rat am Ende der hitzig geführten Diskussion seinem Vorschlag folgte, schluckte er den aufbrandenden Jubel hinunter und hielt den Blick auf seine Hände gesenkt, bis der Bejutasir die Versammlung zur Ruhe aufrief. Erst da stand Dejasir auf, um dem Rat seinen Dank auszusprechen. »Ich glaube, dass ihr richtig entschieden habt«, sagte er zum Abschluss, wobei er jeden Asjeanaru und jede Asjeanara einzeln ansah. »Aber warten wir ab, was der Herbst bringt. Erst, wenn die Köpfe der Herden gezählt sind, werden wir wissen, ob der Rat wirklich gut war.«

Die Herdenzählung im Herbst zeigte, dass deutlich mehr Jungtiere die Trockenzeit überlebt hatten. Dejasirs Ansehen stieg. Immer öfter stellte er sich jetzt gegen die Alten. Immer öfter prägte seine Meinung die des Rates. So war es kein Wunder, dass man ihm die Würde des Bejutasir antrug, als der alte Häuptling starb.

Unter seiner Führung gedieh der Stamm der Sonak. Er erschloss neue Lagerplätze, Weidegebiete und Wasserstellen. Er war es auch, der eine Lösung gegen die Viehdiebe fand. Daran, dass es nicht genug Loshazari gab, lasse sich so schnell nichts ändern, sagte er. Aber es gäbe noch andere Wächter. "Was, wenn wir nicht nur unser Lager, sondern auch die Herden zusätzlich von Hunden bewachen lassen? Große Hunde, die die Loshazari begleiten und mit ihnen kämpfen?"

Zwei Jahre darauf zogen erste kleine Rudel dieser Loshazonaki mit den Loshazari und ihren Herden. Im dritten Jahr suchten die Räuber leichtere Beute.

Vor allem aber festigte Dejasir die Beziehung zu den befreundeten Stämmen. Sein Ziel war ein Bündnis, an dessen Ende die Vereinigung aller Khon stehen sollte. So, wie sie jetzt lebten - jeder Stamm nach seinen eigenen Regeln, Sitten und Beschlüssen, sich gegenseitig befehdend - so waren sie keine Macht und leicht zu besiegen. Aber geeint würde ihnen nichts widerstehen. Akkahaq nicht und auch nicht Hesbaan, Hortar oder eine der anderen großen Städte. Wie ein Sturmwind würden die Khonari über sie kommen und die Reichtümer dieser Welt unter sich aufteilen.

Vorläufig umwarb er neben den Liazam, Noonuk und Sakhal, zu denen Blutsbande bestanden, vor allem kleine Stämme, wie die Gijen und Tabor. Er lud ihre Bejitasir zu Treffen ein, bei denen er sie üppig bewirtete und stattete ihnen Freundschaftsbesuche ab, bei denen er sie so reich beschenkte, wie sein Vermögen es eben zuließ. Jedem lieh er sein Ohr, hielt sich aber mit Ratschlägen zurück, bis er darum gebeten wurde. Als bei den Sakhal eine Seuche ausbrach, durch die sie einen Teil ihrer Loshazari verloren, war es Dejasir, der als zuerst Hilfe schickte. Da er als Bejutasir kaum noch Umgang mit den Loshazari hatte, bat er seine jüngere Schwester Markhoura, fünf der Besten auszuwählen. Mit ihnen sollte sie zu den Sakhal reiten, um dort auszuhelfen.

Diese Hilfe überzeugte die übrigen Bejitasir, dass ein Bündnis mit gegenseitigen Verpflichtungen für alle vorteilhaft war. Noch im gleichen Jahr schlossen sich Noonuk, Sakhal, Gijen, Tabor, Liazam und Sonak zum Bund der sechs Stämme zusammen. Dejasir wurde zum Beju sor'Bejitasir, dem Herrn der Häuptlinge.

Drei Tage dauerte das Fest, mit dem sie das Bündnis feierten. Das Gras auf dem gemeinsamen Lagerplatz war noch nicht nachgewachsen, als es auf seine erste Bewährungsprobe gestellt wurde.

Zwischen den Gijen und den Koshak schwelte seit langem ein Streit um Weide- und Wasserplätze. Die Gijen machte ältere Rechte geltend, was die Koshak bestritten. Aber selbst wenn die Gijen recht hätten: Sie, die Koshak hätten die größeren Herden und bräuchten mehr Platz, während die Gijen ausweichen könnten.

Bisher waren die Auseinandersetzungen vor allem mit Worten geführt worden, trotz gelegentlicher Zusammenstöße besonders hitziger Loshazari. Nun aber hatten die Koshakari einen Hinterhalt an einer der Tränken der Gijen gelegt. Als die Loshazari der Gijen ihre Herde ans Wasser trieben, wurden sie mit Pfeilschüssen in den Rücken getötet. Anschließend enthaupteten die Koshakari die Toten und trieben das Vieh fort. Am anderen Morgen fanden die Gijen die abgeschnittenen Köpfe zu einem Haufen geschichtet, nahe dem Brunnen am Lagerplatz.

Die Tat schrie nach Rache, aber die Gijen waren zu wenige, um es mit dem großen Stamm der Koshak aufzunehmen. Dejasir jedoch, der an seinen Bruder denken musste, versprach ihnen die Hilfe des Bündnisses und forderte von jedem Stamm Unterstützung. Sie wurde gewährt und so rückte das größte Heer, das die Khon bis zu diesem Zeitpunkt aufgestellt hatten, gegen die Koshakari.

Der Kampf war kurz und brutal. Die Koshakari verteidigten sich mit der Kraft der Verzweiflung, aber die Krieger des Bündnisses waren schon aufgrund ihrer Anzahl überlegen und töteten jeden, der alt genug war, eine Waffe zu führen. Am Ende war der Stamm der Koshak nahezu ausgelöscht. Die wenigen Überlebenden würden nie wieder eine Bedrohung darstellen.

Wie durch ein Wunder befand sich unter ihnen auch

die jüngste Tochter des Häuptlings, Laniita. Sie hatte mit einigen anderen Kindern in der Steppe nach essbaren Knollen gesucht und war so dem Gemetzel entkommen. Als Dejasir sie sah, beschloss er augenblicklich, sie zum Weib zu nehmen, um die Niederlage der Koshak zu vervollständigen.

Das war ein unerhörtes Ansinnen, obwohl es bei den Khon lediglich unüblich, aber nicht verboten war, mehrere Ehepartner zu nehmen und Dejasirs erste Frau, Kuriza no'Liazam zustimmte. Der Skandal lag darin, dass Dejasir Laniita in Besitz nahm, als sei sie ein streunendes Kalb ohne Brandzeichen und als Mitgift überdies das Zelt ihrer Eltern beanspruchte.

Entsprechend heftig reagierte der Rat. Dejasir bringe Schande über den Bund, hieß es. Er breche mit den Gesetzen, Sitten und allem, was den Khon heilig sei.

Dejasir hörte sich alle Vorwürfe schweigend und mit gesenktem Kopf an. Erst, als der letzte Bejasir ausgesprochen hatte, stand er auf. »Was wünscht ihr, das ich tun soll? Ist es mit unseren Gesetzen, den Sitten und Gebräuchen denn besser vereinbar, sie auf einem Bazaar als Sklavin zu verkaufen, jetzt, wo sie keinen Stamm und keine Familie mehr hat?«

Noch bevor ein anderer antworten konnte, erhob sich Kuriza no'Liazam. »Durch die Heirat erhält sie eine neue Familie«, sagte sie und breitete die Arme wie zur Umarmung aus. Als sie weiter sprach, schwang in ihrer sanften Stimme eine Anklage mit. »Dadurch bleibt sie eine Khon. Ist es so nicht für alle besser?«

»Sie könnte ihr Erbe selbst verwalten«, hielt man ihnen entgegen und: »Man darf eine freie Frau nicht in die Ehe zwingen.«

Dejasir aber sagte: »Wie soll sie denn ihr Erbe verwalten? Wie ihre Tiere hüten? Es gibt keine Loshazari der Koshak mehr und sie selbst ist noch ein Kind. Wollt ihr sie ganz allein in der Steppe schicken? Es wäre ihr Tod. Nach spätestens drei Tagen hätten die Löwen sie gefressen.« Er sah von einem zum anderen, um seine Worte einsinken zu lassen, bevor er fortfuhr: »Und was den Zwang angeht: Wir Khon sind frei, weil wir stark sind, kämpfen und uns verteidigen können. Aber wir sind nur deshalb stark, weil wir zusammenstehen. Nur gemeinsam können wir uns verteidigen. Doch Laniita hat keinen Stamm mehr, der für sie einsteht. Nicht einmal eine Familie. Damit ist sie so frei, wie eine Mücke, die jeder zerquetschen kann.« Er machte eine Pause, um seine Worte wirken zu lassen. Als er weiter sprach, klang seine Stimme warm. »Aber durch die Heirat wird Laniita Teil meiner Familie werden. Sie wird unter meinem Schutz stehen, unter dem der Sonak und dem der sechs Stämme. Anders gesagt: Indem ich sie an mich binde, wird sie wieder wahrhaft frei.«

Kuriza neben ihm nickte bedächtig, während Dejasir seinen Blick durch die Runde schweifen ließ und jedem der Versammelten kurz und ernst in die Augen sah.

»Ich weiß, dass ich nicht der Einzige bin, der so denkt«, fuhr er schließlich fort. »Und das ist gut so, denn es gibt noch mehr Waisen, für die gesorgt werden muss.

Es wäre eine Schande, sie dem Tod oder der Sklaverei auszuliefern. Daher lasst uns überlegen, wie wir sie auf die sechs Stämme verteilen und ihr Erbe verwalten.«

Die Nacht verbrachte Dejasir mit Kuriza. Seine Kindsbraut besuchte er erst am Mittag des folgenden Tages.

Als er die Zeltbahn vor dem Eingang zurückschlug, saß Laniita in ihren schönsten Kleidern auf einem Klappstuhl in der Zeltmitte. Ihre langen schwarzen Haare waren mit Perlenschnüren zu einer kunstvollen Frisur geflochten, die Augen schwarz umrandet. Sie wirkten riesig in dem blassen Kindergesicht. Auf einem Kissen neben ihr saß Kurizas ältere Schwester und lächelte.

»Gefällt sie dir, deine Braut?«

Dejasirs Mund wurde trocken. Er nickte. »Lass uns bitte allein.«

Das Lächeln der Schwester wurde noch breiter, als sie aufstand. Sie tätschelte Laniitas Schulter und hauchte gerade so laut, dass auch Dejasir es verstehen konnte: »Sei schön brav Kleine, dann ist es halb so schlimm.«

Erst, als sie gegangen war, trat Dejasir einen Schritt vor. Laniita zittert. Er kniete sich neben sie und nahm ihre Hand. Laniita erstarrte, versuchte aber nicht, sie zurück zu ziehen.

»Hab keine Angst«, sagte Dejasir leise. »Ich werde dich nicht anrühren. Nicht heute und auch später nicht, wenn du nicht willst. Hast du mich verstanden?«

Sie nickte.

»Gut.« Er stand auf. »Dann zieh dich um und wasch

dich. Das Zeug um die Augen sieht scheußlich aus. Ich werde mich hier inzwischen ein bisschen umsehen.«

»Warum gehst du nicht einfach?«

Er hatte sich schon halb abgewandt. Nun drehte er sich wieder um und sah auf sie herunter. »Weil mir daran liegt, dass es aussieht, als sei diese Ehe vollzogen worden. Und wenn du klug bist, wirst du nichts tun, das diesen Anschein zerstört.«

Das Zelt von Laniitas Eltern war weitaus prächtiger eingerichtet, als jedes, das Dejasir zuvor betreten hatte. Die Teppiche, die den Boden bedeckten, waren wie eine Blumenwiese. Alles Holz - sogar das Zeltgestänge - war beschnitzt, bemalt, mit Intarsien verziert. Blumen und Szenen aus dem Leben schmückten die Truhen: Hirten mit Schafen, eine Gazellenjagd, ein Liebespaar, das unter einem Baum rastete, Sänger, Tänzer und Musikanten.

Bestickte, mit Fransen und kleinen Spiegeln verzierte Kissen luden zum Sitzen ein. Am meisten beeindruckten Dejasir aber die faltbaren Stühle, in deren Streben springende Hirsche und andere Tiere geschnitzt waren. Auf so einem Stuhl hatte Laniita bei seinem Eintreten gesessen und schon dadurch war sie ihm als etwas Besonderes erschienen. Die Khon saßen normalerweise nicht auf Stühlen, sondern auf dem Boden. Wer es sich leisten konnte, legte ein Kissen oder ein anderes Polster unter, aber damit hatte es sich.

Dejasir entschied augenblicklich, dass auch er so einen Stuhl haben musste. Seiner jedoch sollte keine Hirsche zeigen, sondern Hunde, das Wahrzeichen seines Stammes. Hunde, die einen Hirsch hetzten oder, noch besser: Löwen jagten. Er warf einen Blick zu Laniita hinüber. Sie hatte ihre Hochzeitskleider abgelegt und trug jetzt nur noch ein langes Hemd aus feiner, fast durchsichtiger Baumwolle. Sie errötete, als sie seinen Blick bemerkte.

Dejasir wandte sich ab und öffnete eine der Truhen. Sie enthielt Stoffe. Er öffnete eine andere und fand Heil- und Färbemittel. Die Dritte war voller Werkzeuge. Wieder andere enthielten noch mehr Hausrat, Schmuck und ein paar Münzen. Nichts davon überraschte Dejasir. Aber ganz unten in der letzten Truhe fand er ein Kästchen, das nicht zum Rest der Einrichtung passte. Es war flach und eckig, das Holz kaum geglättet, geschweige denn beschnitzt oder bemalt. Dafür war es vollständig von genieteten Eisenbänder umwunden. Etwas klapperte in seinem Innern, als Dejasir es hochhob, um nach dem Verschluss zu sehen. Es gab keinen.

»Was ist das?«, fragte er Laniita. »Wie geht es auf?«

Sie schlug die Hände vor den Mund und wich einen Schritt zurück. »Leg es weg«, bat sie heiser. »Leg es weg und rühr es nie wieder an. Vergiss am besten, dass du es je gesehen hast.«

Die Antwort beflügelte Dejasirs Neugier. Aber alles, was er aus Laniita herausbrachte, war, dass es Unglück bringe, den Kasten zu öffnen. Warum, konnte oder wollte sie ihm nicht sagen. Daher nahm er schließlich, ihren Protesten zum Trotz, Meißel und Hammer, zerschlug die Eisenbänder und zertrümmerte das Holz.

Zum Vorschein kam ein goldener Brustschmuck in der Form einer liegenden Mondsichel, die mit Stieren, Greifen und Reitern verziert war. Die kunstvolle Arbeit verschlug Dejasir den Atem. Wie in Trance nahm er den goldenen Halbmond, entfernte die letzten Holzsplitter und legte ihn sich um den Hals.

Hinter sich hörte er Laniita keuchen. »Das darfst du nicht«, flehte sie. »Leg es zurück. Bitte. Es ist böse.«

Dejasir fuhr herum. »Was für ein Kind du doch bist! Es ist Gold. Eine Arbeit aus dem Norden. Und wunderschön. Also verschone mich mit deinem Aberglauben!«

KAPITEL 4

Unbemerkt begann damit eine neue Epoche in der Geschichte der Khon. Der Sieg über die Koshak schweißte das Bündnis der Sechs fest zusammen. Sie ließen ihre Herden gemeinsam grasen. Die Bejitasir trafen sich im Frühling und Herbst zum gemeinsamen Rat, hielten aber auch während ihrer Wanderungen ständigem Kontakt, indem sie Loshazari von einem Stamm zum anderen schickten. Die Boten informierten über den Zustand der Weidegründe, warnten vor Räubern und anderen Gefahren und blieben danach für einige Zeit zu Gast. Auf diese Weise lernten auch die Loshazari einander besser kennen. Wissen wurde weiter gegeben und neue Freundschaften entstanden.

Auch der Handel bekam eine neue Basis. Bisher hatte jeder Stamm seine Waren vor allem auf den Märkten entlang seiner Wanderrouten angeboten. Nun handelten die Stämme untereinander, so dass ihre Waren auch auf entferntere Bazaare gelangten, wo sie viel höhere Preise erzielten.

Der Reichtum der sechs Stämme wuchs. Sie konnten es sich leisten, Getreide an ihre Pferde und Rinder zu verfüttern. Ihre Kühe gaben mehr Milch, die Schafe wurden fetter, die Pferde stärker und schneller. Wenn sie ihre Tiere verkauften, erzielten sie die höchsten Preise.

Bald flochten die Mitglieder der Bündnisstämme statt der geschnitzten Knochenperlen Perlen aus Elfenbein, Bernstein und Gold in die Haare. Auch ihre Kleidung änderte sich. Leder, Baumwolle und Leinen trugen nur noch die Loshazari. Die Asjeanari kleideten sich in weite Roben aus Seide und sogar Kinder trugen Goldreifen an Hand- und Fußgelenken. Ihr Hausrat wuchs und einige Familien wurden so reich, dass Packtiere nicht ausreichten, um ihre Habe zu transportieren. Daher ließen sie sich in den Städten große hölzerne Wagen bauen.

Nicht allen gefielen diese Änderungen. Im Rat der Häuptlinge berichteten die Bejitasir, dass vor allem die Alten Bedenken über diese Entwicklung äußerten. Der neue Reichtum sei eine Gefahr. Er bedrohe die althergebrachte Ordnung, die Lebensweise der Khon und schließlich die Khonari selbst.

Zu den schärfsten Kritikern gehörte Dejasirs Mutter, Nourja no'Arhan.

»Du wirst dich und alle anderen zugrunde richten, Sohn«, prophezeite sie, als er seinen ersten Wagen kaufte. »Deine Seele wird verdorren und nach deinem Tod wirst du verdammt sein, als Dhalor umherzuschweifen. Nur eine Seele, die frei ist von Gewinnsucht, wird Frieden finden und in den ewigen Kreislauf zurückkehren!«

Er versuchte, sich zu rechtfertigen. Argumentierte, der

Wagen sei praktisch, gerade für die Schwachen, die Kinder und Greise und viel bequemer, als ein Pferderücken. Aber sie musterte ihn nur verächtlich, spie aus und sagte, nichts und niemand werde sie je dazu bringen, auf so ein Teufelsding zu steigen.

»Deine Tradition ist nichts, als die Anbetung kalter Asche«, schrie er ihr nach, als sie davon stapfte.

Es war kein Trost, die Mehrheit, vor allem die Jüngeren, hinter sich zu wissen. Erst in Kurizas Armen fand er ein bisschen seines Friedens wieder.

»Wir geben das Feuer weiter«, sagte sie, während sie sanft über seine Brust strich. »Und das kann nur, wer von Zeit zu Zeit neues Holz nachlegt.«

Auch in den anderen Stämmen wurde getuschelt. Dieser Wohlstand sei zu plötzlich gekommen, hieß es. Er fordere die Geister heraus und bedeute nichts Gutes.

Doch als die sechs immer reicher und mächtiger wurden, die schönsten Pferde, die besten Waffen und die größten Herden besaßen, ohne dass etwas Schlimmes geschah, erwachte bei vielen der Wunsch, an diesem Reichtum teil zu haben.

Nach und nach schlossen sich weitere Stämme an; zuerst kleine wie die Betaiz und Lesket, später auch größere, wie die Eskisek und Dimeal. Am Ende war das Bündnis auf 14 Stämme angewachsen.

Dejasir wurde immer reicher. Er heiratete ein drittes und viertes Mal und benötigte immer mehr Wagen, um den ständig wachsenden Hausrat seiner immer größer werdenden Familie zu transportieren. Er umgab sich mit Gold, wo es nur möglich war. Seine Kleidung bestand aus goldfarbener Seide. Goldene Perlen waren in seine Haare geflochten, goldene Armreifen klirrten an seinen Handgelenken und auf seiner Brust glänzte die Brustplatte, die er in Laniitas Zelt gefunden hatte. Selbst das Zaumzeug des Goldfuchses, den er jetzt ritt, war mit goldenen Ornamenten verziert.

Zugleich ging eine Wandlung in ihm vor. Er träumte nicht mehr davon, Dinge zu haben, um sie zu verschenken. Längst genügte es ihm nicht mehr, jemanden glücklich zu sehen. Das Wohlergehen der Sonak, des Bundes und der übrigen Khon kümmerte ihn immer weniger. Er wollte Besitz um seiner selbst willen und begann, anderen den ihren zu neiden. Wenn er doch etwas fort gab, dann geschah das aus Berechnung. Was er verschenkte, musste ihm einen Vorteil einbringen, sonst war es vergeudet.

Er wurde unduldsam, jähzornig und zuweilen grausam. Seine Frauen und Töchter bekamen diesen Wandel als Erste zu spüren. Es begann damit, dass er ihnen verbot, im Tross mitzureiten, wenn sie von einem Lager zum anderen reisten. Statt dessen sollten sie in einem eigenen Wagen fahren, der eine Bespannung aus festem Tuch hatte. Er sagte, das sei, um sie zu schützen. Die langen Ritte unter der Sonne schadeten ihrer Gesundheit. Der Wagen hingegen böte nicht nur Schatten, sondern halte auch die sandigen Winde ab, die ihrer zarten Haut zusetzten. Als nächstes machte er ihnen Vorschriften, wie sie sich im Lager und anderen gegenüber zu verhalten hätten. Sie sollten ihre Zelte nicht mehr ohne Grund verlassen und wenn, dann nicht alleine. Außerdem sollten sie ihre Körper verhüllen, denn ihm gefiel nicht, dass andere Männer sie ansahen. Sie selber sollten die Blicke gesenkt halten, um keine Aufmerksamkeit zu erregen. Auch sollten sie nicht müßig im Freien herumstehen und schwatzen, sondern rasch ins Zelt zurückkehren, um sich mit nützlichen Dingen zu beschäftigen.

So beschnitt er ihre Freiheit Stück um Stück. Er gewöhnte sich an, sie zu schlagen. Erst nur, wenn sie Widerworte gaben, später reichten ihm Kleinigkeiten: ein leerer Wasserkrug, ein im Weg liegender Pantoffel oder auch eine nicht rasch genug gegebene Antwort. So brach er ihren Widerstand, bis sie in ständiger Furcht vor ihm lebten. Ihre Verwandten brachten keine Hilfe, denn Dejasir überzeugte den Rat, dass es das Leben vereinfache, wenn Frauen und Mädchen ihr Leben auf Wagen und Zelte beschränkten. Frauen seien von Natur aus schwächer und anfälliger als Männer, sagte er. Da sei es nur natürlich, dass Frauen die Schwachen umsorgten, Handwerk und Handarbeit ausübten, während die Männer die schweren und gefährlichen Arbeiten übernahmen.

Zu den wenigen Khonari innerhalb der Bundesstämme, die diese Ansicht nicht teilten, gehörten ausgerechnet Dejasirs Eltern. Als der Rat beschloss, dass Frauen fortan keine Loshazari mehr sein und keine Waffe mehr führen durften, wechselten Nourja no'Arhan und Baranu no'Sonak einen stummen Blick, bestiegen schweigend ihre Pferde und verließen das Lager, ohne einen Blick zurückzuwerfen. Sie nahmen weder Waffen noch Vorräte mit und jeder, der ihren Abschied beobachtete, wusste, dass sie beides nicht mehr benötigen würden. Nourja und Baranu hatten sich von ihrem Stamm losgesagt und ein Khonar ohne Stamm war ein toter Khonar.

Sie würden eine Weile reiten, bis sie einen Ort fanden, der ihnen gefiel, einen Hügel etwa, von dem aus sie die Steppe überblicken konnten. Dort würden sie die Pferde frei laufen lassen und sich ein letztes Mal ein Lager bereiten. Ein letztes Mal würden sie ein Feuer entzünden. Dort würden sie sitzen und einander Geschichten von sich und ihren Vorfahren erzählen, Märchen, Sagen und alte Legenden, bis ihre Kräfte schwanden. Ihre Körper würden Geiern und Schakalen Nahrung bieten und ihre Knochen in der Sonne bleichen. Ihre Seelen würden im Wind tanzen, bis sie entschieden, dass es genug sei und sich ein Neugeborenes als neue Wohnung erkoren.

Baranu no'Sonak und Nourja no'Arhan waren nicht die einzigen, die den Bund auf diese Weise verließen. Aber es war nur ein kleiner Teil der Khonari, der diesen Weg einschlug.

Das Bündnis war unterdessen so gewachsen, dass Botenreiter für die Verständigung nicht mehr ausreichten und es immer schwieriger wurde, den gemeinsamen Rat abzuhalten. Einerseits wollte jeder Stamm die Ehre haben, den Arran dei Bejitasir auszurichten, andererseits durften die Wege für die Anreise nicht zu lang werden. Am Ende befand man, dass die einzige Lösung für dieses Problem darin bestand, einen ständigen Rat an einem festen Platz auszurichten. Wenn jeder Stamm ein Mitglied entsandte, war kein Stamm bevorzugt und keiner benachteiligt. Als Sitz dieses ständigen Rats wurde Akkahaq auserkoren und es war Dejasirs Stimme, die den Ausschlag gab.

Die Einnahme der Oase erfolgte im Handstreich. Die Sesshaften rechneten nicht mit einem Angriff. Sie betrachteten die Khon als leicht einfältige Wilde: unkultiviert aber harmlos. So schlug auch niemand Alarm, als mehrere Trupps bewaffneter Loshazarui kurz nacheinander durch die verschiedenen Tore in die Stadt ritten. Erst, als aus den umliegenden Hügeln weitere Berittene herangaloppierten, erkannte jemand auf der Mauer die Gefahr. Aber die Kriegshörner gellten zu spät. Im Nu hatten die Loshazarui, die sich in der Stadt befanden, die Torwachen überwältigt.

Selbst die Enge der Tore und Gassen bot den Verteidigern keinen Vorteil. Die wenigen Verluste reizten die Khonari eher und bei der anschließenden Plünderung steigerten sie sich in einen wahren Blutrausch. Auch, nachdem sich längst kein Widerstand mehr regte, mordeten sie weiter und schonten selbst die Schwachen und Wehrlosen nicht.

Erst, als sie begannen, Feuer an die Gebäude zu legen,

gebot Dejasir Einhalt. Mit den Häusern hatte er eigene Pläne. Um die Krieger zu beruhigen, ordnete er eine Siegesfeier an, die sieben Tage dauerte und den Großteil der Vorräte Akkahaqs verschlang.

Am Ende des letzten Tages berief Dejasir die Versammlung der Häuptlinge ein. Dort ließ er sich als Beju sor'Bejitasir bestätigen. Als das geschehen war, erklärte er den versammelten Häuptlingen, wie er sich die Zukunft des Bündnisses vorstellte. Es sollte einen gemeinsamen Oberrat geben, zu dem jeder Stamm einen Vertreter entsandte. Sitz dieses gemeinsamen Rats sei Akkahaq. Dejasirs Worte flossen wie Honig. Bei jedem Satz nickten die Bejitasir bedächtig. Das waren Dinge, die ohnehin Konsens waren. Sie merkten kaum auf, als Dejasir auf die Neuerungen zu sprechen kam.

»Als euer Beju sor'Bejitasir werde ich mich in Akkahaq niederlassen, um von hier aus zu regieren. Auch meine Sonak sollen sich in Akkahaq ansiedeln. Ein Khonar soll nicht fern der Sippe sein.«

Den Häuptlingen der übrigen Stämme ließ er die Wahl, mit ihren Stämmen sesshaft zu werden oder an der alten Lebensweise festzuhalten. »Sucht euch aus, wo ihr siedeln oder welche Gebiete ihr durchstreifen wollt«, bot er ihnen an. »Sofern es Überschneidungen mit anderen Bündnisstämmen gibt, werden wir eine Einigung finden. Wo nicht, wird euch der Bund helfen, dieses Gebiet zu erringen.«

»Und die anderen Stämme?«, fragte Utjez no'Liazam, der Bruder von Dejasirs erster Frau. »Was, wenn ihre

Rechte dagegen stehen?«

»Ja, was ist mit denen?«, fiel ein anderer ein. Wieder andere riefen, dass sich dieser oder jener Stamm noch nie um fremde Rechte gekümmert habe. Dejasir wartete eine Weile. Erst als er glaubte, der Tumult habe seinen Höhepunkt erreicht, hob er gebieterisch die Hand.

»Sind sie nicht frei, sich uns anzuschließen?«, fragte er. »Und wenn sie es nicht tun – ist das nicht ein deutliches Zeichen? Ein Zeichen dafür, dass sie nichts mit uns zu tun haben wollen? Aber wenn sie nichts mit uns zu tun haben wollen, dann sagt mir doch eines, Freunde: Warum sollten wir also zuerst ihre Interessen und Rechte im Auge haben?«

»So ist es!«, schrie Kabanu no'Sonak. »Es geht um den Bund. Der Bund kommt zuerst. Was kümmern uns die anderen Stämme! Sollen sie sich uns anschließen oder untergehen.«

Dejasir nickte seinem alten Freund zustimmend zu. »Wir stellen die Mehrheit der Stämme«, rief er. »Daher ist es nur recht, wenn wir auch das Schicksal aller bestimmen.«

Jetzt jubelten alle Bejitasir.

Dejasir wählte das größte Haus von Akkahaq als neues Heim für sich und seine Familie. Der dreistöckige Lehmklotz hatte ursprünglich als Karawanserei gedient. Er verfügte über Ställe und Lagerräume sowie einen großen Saal im ersten Stock. Das war der öffentliche Bereich, der allen Besuchern zugänglich sein sollte. Die beiden darüberliegenden Stockwerke mit ihrer Vielzahl kleinerer und größerer Gemächer blieben seiner Familie und besonderen Gästen vorbehalten.

»Hier und auf dem Dach könnt ihr euch frei bewegen«, sagte er zu seinen Frauen. »Richtet euch ein, wie es euch am besten gefällt. Spart an nichts, damit euch nichts fehlt und ihr keinen Grund habt, herabzusteigen. Wenn es aber unerlässlich sein sollte, nach unten zu kommen, dann geht verschleiert, damit kein fremdes Auge euch sieht und kein böser Blick euch trifft.«

Er selber bezog das größte und prächtigste Zimmer des Hauses. Trotzdem fand er es eng, dunkel und ärmlich verglichen mit den Bildern, die nachts, wenn er in dem riesigen Bett lag, in seinem Geist erblühten.

Er träumte von einem weißen Palast, dessen Fassade sich in einem See spiegelte, über dessen schimmernde Oberfläche goldene Boote glitten. Nächtliche Gärten sah er, in deren Bäumen Lampions hingen und wo nie gesehene Blumen wuchsen. Ihm erschienenen prächtig eingerichtete Zimmer, in denen Brunnen sprudelten und Vögel in goldenen Käfigen sangen. Und er sah sich selber. Mal saß er, in Gewänder aus Seidenbrokat und Samt gekleidet auf einem Thron und nahm die Huldigungen seiner Untergebenen entgegen. Dann wieder ritt er auf seinem Goldfuchs die Reihen seiner Loshazari ab, wobei die Juwelen auf der goldenen Brustplatte seiner Rüstung in der Sonne gleißten.

Diese Traumbilder fühlten sich so echt, so wahr an, dass er meinte, nur die Hand ausstrecken zu müssen, um das kühle Wasser zu spüren. Beim Erwachen glaubte er, das Aroma der Früchte, die er gegessen hatte, noch auf der Zunge zu schmecken, den Duft der Blumen noch zu riechen.

Das Seltsame an diesen Träumen war, dass er solche Blumen nie gesehen und solche Früchte nie gekostet hatte. Trotzdem erschienen sie ihm als verheißungsvolle Omen. Er war sich sicher, dass sie die Dinge zeigten, die kommen würden, wenn er den eingeschlagenen Weg fortsetzte. Bestätigten sie nicht, was der Geistseher bei seiner Geburt prophezeit hatte: Reichtum, Ruhm und Schlachtenglück?

Er begann, diese Träume herbeizusehnen. Wenn sie mehrere Nächte ausblieben, wurde er unruhig und begann zu zweifeln. War er noch auf dem richtigen Weg? Was musste er tun, um zurückzufinden? Kamen sie aber, sah er sie als Bestätigung und Verheißung. Er würde die Dinge besitzen, die sie zeigten. Er würde zum größten Herrscher aufsteigen, den die Khon - ach was, die Welt - je gekannt hatte! Immer häufiger stachelte er die Khonari auf, Siedlungen der Sesshaften zu überfallen, zu rauben, zu morden und zu brandschatzen. Immer mehr von den Reichtümern, die sie dabei erbeuteten, beanspruchte er als Tribut für sich und den Rat. Einen Teil gab er an seine Familie und die Sonakari weiter, die ihm als Leibwache dienten, aber der Großteil verschwand in den Mauern von Akkahaq. Dejasir ließ nicht nur die Wälle von Akkahaq ausbauen, sondern auch alte Stadtviertel abreißen. An ihrer Stelle entstanden Gärten und Parks und neue, größere Häuser aus weißem Stein. Akkahaq wuchs und wurde immer prächtiger.

Aber was anfangs ein Segen für die Bündnisstämme gewesen war, wandelte sich allmählich zum Fluch. Da sich die waffenfähigen Männer fast dauernd auf Kriegszügen befanden und die Frauen ans Lager gebunden blieben, wachten allenfalls noch Kinder über die Herden. Sie waren ein schwacher Ersatz für die Loshazari, die früher das Vieh gehütet hatten. Die sich selbst überlassenen Tiere verliefen sich in der Steppe, wurden von Raubtieren gerissen oder von den Loshazari der freien Stämme gestohlen. Um den schwindenden Reichtum auszugleichen, waren die Bündnisstämme gezwungen, noch öfter auf Kriegszüge zu gehen. Bald war es der schiere Hunger, der sie zu Raubzügen trieb. Unverhofft wie ein Heuschreckenschwarm tauchten sie aus den Hügeln auf und ebenso vernichtend.

Die Sesshaften wehrten sich nach Kräften, konnten aber wenig ausrichten. Ihre Krieger waren besser gepanzert, aber zu schwerfällig für die Khonari auf ihren wendigen Pferden, die blitzschnell zustießen und genauso schnell wieder verschwanden. Wenn die Sesshaften sie verfolgten, zogen sich die Khon in die Steppe zurück, wo sie sich aufzulösen schienen wie Rauch im Wind, bis sie an anderer Stelle erneut zuschlugen. So wurden die Khonari zur Geißel des Südens. Doch der Teil der Beute, den Dejasir und der Rat ihnen ließen, reichte gerade zum Überleben.

Trotzdem regte sich innerhalb des Bündnisses kaum Widerstand. Nicht einmal als Dejasir davon zu sprechen begann, das ganze Land zwischen den Meeren zu erobern, um die Khon zu wahrer Macht und unendlichem Reichtum zu führen, widersprach ihm niemand.

Dejasir besaß die Gabe, seine Zuhörer glauben zu machen, seine Träume seien die ihren. Seine Worte waren Opium für die Ohren. Ein süßes, selig machendes Gift, das die Zuhörer einlullte, bis sie meinten, er verspräche die Erfüllung ihrer eigenen Wünsche. Jeder Zweifel schwand. Wer Dejasir zuhörte, dem erschienen seine Versprechen erfüllbar und der Weg dahin leicht.

Der fehlende Widerstand lag aber auch an der Brutalität, mit der Dejasirs Sonakari auf jede Form von Kritik reagierten – und sei sie noch so leise. So war Utjez no'Liazam, der Bruder von Dejasirs ersten Frau auf dem Bazaar von Akkahaq lebendig geviertelt worden, nachdem er gebeten hatte, die verlangten Tribute zu ermäßigen, weil sein Stamm hungere.

Dejasir war bei dieser Hinrichtung zugegen. »So geht es den Verrätern!«, rief er, als Utjez zu Boden gerungen und mir Knöcheln und Handgelenken an je ein Pferd gebunden wurde. »Lasst euch das eine Mahnung sein.«

Damit erhob er seine Peitsche. Vier Sonakari bestiegen die Pferde. Dejasir ließ die Peitsche knallen und die vier Reiter gaben den Pferden die Sporen. Augenblicke später zerrissen Utjez Schreie die staubige Luft. Die Söhne des Sterbenden warfen sich vor Dejasir in den Staub und baten mit Tränen in den Augen, ihrem Vater wenigstens die

Leiden verkürzen zu dürfen. Aber Dejasir schüttelte den Kopf und blieb unbewegt sitzen, bis ein entsetzliches Knacken dem Schreien ein Ende machte.

Im Rat sprach Dejasir weiter von der goldenen Zukunft der Khonari. »Ja, es hat Änderungen gegeben«, sagte er. »Und diese Änderungen waren richtig. Das beweist der Reichtum, den ihr zwischenzeitlich erworben hattet. Es liegt nicht am eingeschlagenen Weg, dass ihr hungert. Es liegt an mangelnder Einigkeit und mangelndem Willen. Und wenn ich mangelnde Einigkeit sage, meine ich nicht euch, Freunde, sondern jene, die sich dieser Einigkeit verweigern. Die sogenannten freien Stämme. Worin besteht denn ihre Freiheit? Doch nur darin, dass sie sich weigern, sich uns anzuschließen und euch ausnutzen, indem sie euer Vieh stehlen. Sie sind der wahre Grund für eure Probleme!«

Im Kreis seiner Vertrauten benutzte er noch schärfere Worte. Dort nannte er die noch freien Stämme Räuber und Schädlinge, ein Übel, das es auszumerzen galt. Ein letztes Mal wolle er ihnen noch die Hand reichen, aber die Zeit der Geduld und Überredung sei vorbei. Wer sich danach immer noch verweigere, müsse als Abtrünniger behandelt werden.

Seine Worte fielen wie immer auf fruchtbaren Boden.

Als der Rat schließlich Boten aussandte, die bei den letzten freien Stämmen mit höflichen Worten für den Beitritt zum Bündnis werben sollten, war jedem bewusst, welche

Folgen eine Ablehnung nach sich ziehen würde. Bisher waren die freien Stämme ausgewichen, hatten unverbindliche Antworten gegeben und sich, wenn es zu Auseinandersetzungen kam, tiefer in die Steppe und den Süden zurückgezogen. Aber nun gab es kein Ausweichen mehr, sondern ein Ultimatum.

Drei Tage gaben ihnen die Bündnisstämme für die Entscheidung. Viel zu wenig, um ein gemeinsames Heer aufzustellen. Aber Zeit genug, einen bereits lange abgesprochenen Plan umzusetzen, von dem alle verzweifelt gehofft hatten, er werde nie gebraucht. Ausgerechnet Shoulaika no'Maroum hatte ihn erdacht; die Frau, die Dejasir als Erste umworben hatte.

KAPITEL 5

Aus dem schlanken Mädchen von einst war eine hagere Frau geworden, mit Gesichtszügen so scharf, wie eine Schwertklinge. Nur ihre Lippen waren weich und schön geschwungen und verzogen sich oft zu einem schnellen Lächeln, das die Zähne aufblitzen ließ. Das bemerkenswerteste an ihr waren jedoch die Augen, in denen ein Feuer leuchtete, das anziehender wirkte, als körperliche Schönheit.

Shoulaika war sich ihrer Wirkung bewusst. Das Blitzen ihrer Augen war ihre Waffe im Spiel der Verführung. Sie spielte immer noch gerne, wenn auch seltener als in ihrer Jugend. Anders als Dejasir hatte sie nicht geheiratet. Aber durch Tapferkeit und Klugheit hatte sie sich so großes Ansehen erworben, dass sie trotzdem in den Stammesrat berufen und schließlich sogar zur Bejatasir gewählt worden war.

Sie empfing Dejasirs Boten mit ausnehmender Höflichkeit. Sie lud die beiden Männer in ihr eigenes Zelt ein, ließ sie Platz nehmen, bewirtete sie mit vergorener Ziegenmilch und hörte ihnen aufmerksam zu. Als der Sprecher ausgeredet hatte, nickte sie gedankenvoll, als ließe sie sich die Worte durch den Kopf gehen.

Schließlich antwortete sie bedächtig: »Das Angebot eines Bündnisses ehrt uns. Wir verfolgen den Aufstieg der Sonaki und ihrer Verbündeten seit langem und sehen die Vorteile eurer Lebensweise. Aber die Maroum sind ein großer Stamm, der mit vielen Stimmen spricht. Daher will ich nicht verhehlen, dass es auch Vorbehalte gibt.«

Viele ihrer Stammesmitglieder befürchteten, der Anschluss käme einer Kapitulation gleich, erklärte Shoulaika. Sie scheuten den Bund, weil sie glaubten, ihre Selbstständigkeit einzubüßen und ihre Identität zu verlieren. »Sie sagen, sie wollten nicht nur Khon sein, sondern Maroum bleiben«, sagte sie zum Abschluss. »Sagt dem Beju sor'Bejitasir, dass sich die Maroum nur anschließen werden, wenn diese Voraussetzung erfüllt ist.« Sie schenkte den Boten ein verheißungsvolles Lächeln. »Sagt dem Beju sor'Bejitasir auch, dass wir gemeinsam einen Weg finden müssen, das zu bewerkstelligen.«

Shoulaika behielt ihr Lächeln, bis sie die Boten verabschiedet hatte. Danach verschwand es, als sei es nie dagewesen, als habe sie die Fähigkeit verloren zu lächeln. Mit leerem Blick sattelte sie ihre Stute und galoppierte hinaus in die Steppe. Sie ritt, als versuche sie, den Wind zu fangen. Erst als ihr Pferd ins Stolpern geriet, hielt sie inne. Um sie herum war nichts als Steppe. Gras, so weit das Auge sah. Über ihr kreiste mit heiserem Schreien ein Vogel. Shoulaika schloss die Augen und wandte ihr Gesicht der Sonne zu. Allmählich legte sich das Pochen in ihrer Brust. Sie hörte mehr. Öffnete sich den leiseren Geräusche der Steppe: dem Zirpen der Grillen, dem Rascheln kleiner Nager und schließlich dem Tuscheln des Windes im Gras. Hier war der Platz, an den sie gehörte.

Shoulaika sog die Luft tief in die Lungen; atmete Grasduft, Wärme und Weite und gestattete sich, zu weinen. Erst lange nach Mondaufgang kehrte sie ins Lager zurück.

So hielt sie es fortan jeden Tag, bis ein neuer Bote eintraf, der sie nach Akkahaq einlud, um über den Beitritt der Maroum zum Bündnis zu verhandeln.

Der Bote sagte nichts von der Wut, die Dejasir überkommen hatte, als er Shoulaikas Forderung hörte. Genauso wenig davon, dass Dejasir sein Schwert gezogen und dem Überbringer in den Leib gestoßen hatte. Er verschwieg die Zerstörungen im großen Saal danach: die aufgeschlitzten Kissen, die zerfetzten Vorhänge und das gesplitterte Holz. Dabei wäre einiges zu erzählen gewesen: Über Dejasirs verzerrtes Gesicht, die Wutschreie und die Flüche, die er ausstieß, während er Stück um Stück der Einrichtung vernichtete oder darüber, wie sich diejenigen, die nicht rechtzeitig geflohen waren, ängstlich in Ecken und Winkel drückten, bis Dejasir unvermittelt inne hielt, sich umwandte und gelassen erklärte: »Ladet sie zu Verhandlungen ein. Wenn sich die Maroum freiwillig anschließen, werden die übrigen Stämme keine Probleme machen.«

Der Bote teilte lediglich mit, dass man Shoulaika mit

ihrem Gefolge in Akkahaq erwarte. Für Unterkünfte sei gesorgt. Dejasir habe sein Wort gegeben, dass sie die Stadt jederzeit verlassen könne. Diese Zusage gelte auch, falls die Verhandlungen scheitern sollten.

Am nächsten Tag brach Shoulaika auf. Ihr Gefolge war so klein, als ritte sie zum Markt. Nur zwei greise Ratsmitglieder und neun Loshazari begleiteten sie nach Akkahaq.

Dejasir erwartete sie nervös. Obwohl er inzwischen zum sechsten Mal verheiratet war, besuchte ihn Shoulaika immer noch in seinen Träumen. Sie flocht weiße Blüten in ihre Haare, von denen ein betäubender Duft ausging. So geschmückt begleitete sie ihn durch die weißen Paläste, fuhr mit ihm im Boot über den See und fütterte ihn mit süßen Früchten. Sie saß an seiner Seite im Rat und ritt neben ihm, wenn er die Reihen der Loshazarui musterte – was in der Realität nur noch sehr selten vorkam.

Mit diesen Traumbildern hatte die Frau, die schließlich vor ihn trat, wenig zu tun. Aber als Shoulaika den Kopf hob und ihn aus ihren Flammenaugen ansah, fühlte sich Dejasir trotzdem in die Zeit zurückversetzt, als er um sie geworben hatte. Er wurde zum Loshazaru, zum unwissenden Jungen, kaum seiner Stimme mächtig. Doch dieses Mal senkte Shoulaika, die stolze Shoulaika als Erste den Blick.

»So sehen wir uns also wieder.« Ihre Stimme war kaum mehr, als ein Flüstern.

Dejasir fühlte, dass er noch weniger im Stande war, zu sprechen. Daher nickte er nur und deutete auf einen der Faltstühle, die im Halbkreis um seinen Thron standen.

Sie beäugte den Stuhl misstrauisch, nahm dann aber anmutig Platz. Ihre Begleiter zogen den Boden vor. Shoulaika schien sie vergessen zu haben, schien sie ebenso wenig zu sehen, wie die Berater links und rechts von Dejasir. Ihr Blick verharrte unverwandt auf seinem Gesicht, als wolle sie sich jede Einzelheit einprägen.

Die Verhandlungen dauerten mehrere Tage. Mehrfach stand Dejasir kurz davor, einen seiner Wutanfälle zu bekommen, aber jedes Mal lenkte Shoulaika so weit ein, dass er sich wieder beruhigte. Er konnte nicht anders, als sie zu bewundern. Ihre Klugheit. Ihre Gelassenheit. Den scharfen Verstand. Seine Blicke hingen an ihren Lippen, wenn sie sprach. Keine Bewegung, kein Lächeln wollte er sich entgehen lassen. Zeitweise war er so sehr mit Sehen beschäftigt, dass er ihre Worte nicht hörte.

Als Shoulaika das bemerkte, lächelte sie öfter und als Dejasir ihr Lächeln das erste Mal erwiderte, ließ sie ihre Augen aufblitzen. Gleichzeitig überrollte sie eine Welle der Übelkeit. Sie hatte das Gefühl, ihr Herz höre auf zu schlagen. Es war Zeit, für den entscheidenden Zug. Äußerlich ungerührt sprach sie weiter, während sie ihren Begleitern unauffällig das verabredete Zeichen gab.

Die alte Frau zu ihrer Rechten hob eine zitternde Hand. Mit einem Kopfnicken erteilte Shoulaika ihr die Erlaubnis zu sprechen.

»Ich bin nicht ganz überzeugt«, begann die Asjeanara.
»Sicher ist: Ein Bündnis brächte Vorteile, das steht außer
Frage. Aber ich sehe noch immer nicht, wie wir sicher-
stellen, dass es ein Bündnis bleibt. Wir dürfen nicht nur
an uns denken, sondern müssen die Zukunft unserer
Kinder im Auge behalten.«

Bei ihren Worten verzog sich Dejasirs Gesicht zu einer
wuterfüllten Fratze. »Weib!«, brüllte er so laut, dass die
zarten Teegläser auf dem kleinen Tisch neben ihm klirrten und machte Anstalten, sich auf die Alte zu stürzen.

»Nein, bitte!«, rief Shoulaika, sprang ihrerseits auf und
fasste ihn an der Schulter. »Sie kam in meiner Gesellschaft. Ich regele das!«

Sie warf ihrer Beraterin einen scharfen Blick zu. »Hast
du nicht zugehört, worüber wir die ganze Zeit verhandeln, dass du solche Reden führst, Fariza?«, fuhr sie die
Greisin an. »Haben wir uns nicht geeinigt, dass die Maroum frei sein sollen, das Leben zu führen, das sie wollen
und zu gehen, wohin es ihnen beliebt? Ist nicht beschlos-
sen, dass die Regeln des Bündnisses für die Frauen der
Maroum nicht gelten? Haben wir nicht vereinbart, dass
nur die Loshazaru, denen ein Bart sprießt, verpflichtet
sind, an Kriegszügen teilzunehmen – und auch das nur
bis zum 25. Jahr? Ist uns nicht freier Zugang zu allen
Märkten zugesichert? Und ist es nicht der Beju sor'Bejitasir, mit dem wir verhandeln? Was also willst du noch?«
Ihre Stimme war mit jedem Satz lauter und schneidender
geworden. Die letzten Worte schrie sie fast.

Die Alte krümmte sich unter diesem Wortschwall. Mit

ängstlicher Stimme entgegnete sie: »Verzeiht, meine unbedachten Worte, Bejatasir. Ich wollte niemanden kränken, jedoch ...« An dieser Stelle warf sie einen Hilfe suchenden Blick auf den Maroumaru, der ebenfalls zu Shoulaikas Begleitung mitgekommen war. Als der mit den Achseln zuckte, fuhr sie leise fort: »Der Beju sor'Bejitasir möge noch lange leben, aber wir alle wissen, dass unsere Zeit endlich ist. Was wird sein, wenn ein anderer seinen Platz einnimmt, frage ich mich.«

Jetzt erst meldete sich der alte Mann zu Wort. »Das, was Fariza, die ich für ihren Verstand schätze, uns sagen will«, begann er umständlich, »ist, so glaube ich, dass wir sicherstellen müssen, dass die Absprachen, die wir treffen, über den Tod aller Beteiligten hinaus Bestand haben.«

Fariza nickte heftig. »Die Angelegenheit ist zu bedeutend, um mit einem einfachen Schwur besiegelt zu werden.« Sie stockte und räusperte sich, bevor sie mit einem um Verzeihung heischenden Blick zu Shoulaika weiter sprach. »Angelegenheiten von solcher Tragweite müssen durch persönliche Beziehungen abgesichert werden.«

»Du sprichst von einer Heirat!« Dejasirs Stimme war wie ein Keulenhieb.

Für einen Moment herrschte Schweigen. Dann schluckte die Alte und sagte: »Ihr habt recht. Ich spreche von einer Heirat. Nichts festigt ein Bündnis besser, als das Band der Ehe und ich bin sicher, dass Ihr in den Zelten der Maroum eine Frau oder ein Mädchen findet, das euch gefällt.«

»So, bist du das, ja?«, antwortete Dejasir versonnen. Aber er sah nicht Fariza an. Sein Blick ruhte auf Shoulaika, die die Augen in gespielter Schüchternheit niederschlug.

»Aber ... Ich bin alt«, stammelte sie mit einem Kopfschütteln, während ihr Mund sich gleichzeitig zu einem Lächeln verzog. »Sicher findest du eine, die jünger und schöner ist.«

»Ich will keine andere«, brach es aus ihm heraus. »Ich wollte immer nur dich. Aber würdest du mich denn nehmen? Auch, wenn ich von dir das Gleiche verlange, wie von meinen anderen Ehefrauen?«

Shoulaika nickte und ihr Lächeln wurde noch strahlender.

So heirateten Dejasir no'Shonak und Shoulaika no'Maroum.

Zu der Feier wurden die Häuptlinge alle Stämme geladen, die der freien ebenso, wie die des Bundes. In ihrem Kreis gab Dejasir sein Hochzeitsversprechen und wiederholte dabei auch alle Absprachen über die Rechte der Maroum.

Danach war Shoulaika an der Reihe zu sprechen. »Aus freiem Willen gehe ich den Bund ein«, rief sie den versammelten Bejitasir zu. »Ich werde der Weite der Steppe entsagen und in Dejasirs Haus ziehen. Dort will ich fortan wohnen und keine Macht soll mich von seiner Seite bringen.«

Sie und Dejasir reichten einander die Hände. Der Geistseher umwand sie mit roten Bändern, während er das Paar segnete. »Die Eide sind gesprochen und der Ehebund geschlossen«, verkündete er. »So wie die Bänder euch binden, bindet sie nun auch das Blut. Nichts auf dieser Welt kann diesen Bund brechen.«

Bei diesen Worten schlich ein Lächeln auf Shoulaikas Lippen, das nur jene verstanden, die in ihre Pläne eingeweiht waren. Und alle, die seine Bedeutung kannten, erschauderten.

Als alle Rituale abgeschlossen waren, ließ Shoulaika eine Kanne gewürzten Wein und einen juwelenbesetzten Goldpokal bringen. Eigenhändig füllte sie den Pokal, nahm ihn mit beiden Händen und brachte einen Trinkspruch aus: »Mit diesem Wein besiegele ich mein Schicksal und binde mich auf ewig an dich. Von heute an werde ich bei dir bleiben. Ich werde dir auf allen Wegen folgen und dort wohnen, wo immer du deine Wohnung hast.« Sie trank einen Schluck, lächelte und reichte den Pokal an Dejasir weiter.

»Dieser Kelch ist mein Hochzeitsgeschenk für dich.« Verschmitzt lächelnd, zupfte sie eine weiße Blüte aus ihrem Haarschmuck, warf sie in den Kelch und raunte Dejasir zu: »Trink, damit dieser Abend nicht ewig dauert. Oder magst du nicht allein sein – mit mir?«

»Wie könnte ich einer solchen Aufforderung widerstehen? Leider fällt mir kein so schöner Spruch ein, wie dir.« Er nahm den Pokal aus ihren Händen und trank.

»Auf unsere Ehe – und darauf, dass sie lange Bestand hat.«

Shoulaika zwinkerte ihm lächelnd zu. »Das wird sie, mein Gemahl. Das wird sie.«

Der Wein war selbstverständlich vorgekostet; Kelch und Kanne sorgfältig untersucht und für ungefährlich befunden worden. Aber Shoulaika trug in jeder der Blüten, die sie zusätzlich zu den Perlenschnüren in ihre Haare geflochten hatte, eine winzige Kugel eines seltenen, rasch wirkenden Gifts, das sich auflöste, so bald die weiße Knospe den Wein berührte. Dejasir no'Sonak starb noch in derselben Nacht.

Die freien Stämme hatten Vorkehrungen getroffen und die Sonakari vorsorglich von den anderen abgesondert, um Racheakte zu verhindern. Aber es gab nicht einmal den Versuch eines Aufstands. Eher wirkten die Khonari befreit, als sie von Dejasirs Tod hörten. Die Wenigen, die sein Dahinscheiden bedauerten, stahlen sich wie Schatten davon.

Dejasirs Leichnam wurde in eine tiefe, mit Steinen verkleidete Grube gelegt. Entgegen aller Tradition bettete man ihn auf seidene Polster und gab ihm alles mit, was er im Leben besessen hatte. Sein Thron gehörte dazu, die goldseidenen Gewänder, seine Waffen und sein Schmuck. Auch jener goldenen Reif wurde mit ihm begraben, den er als Brustschmuck getragen hatte, seitdem er ihn im Zelt von Laanitas Eltern gefunden hatte. Zuletzt wurde sein Goldfuchs in die Grube hinab geführt und neben der Bahre mit einem Hammerschlag gegen die Stirn getötet. Jetzt war alles zusammen, woran sein Herz gehangen hatte. So sollte Dejasirs Seele gebunden werden, damit sie keinen Grund habe, sein Grab je zu verlassen.

Shoulaika, die das heiligste Verbot übertreten und einen Verwandten getötet hatte, war ebenfalls verdammt, auf ewig in der Erde zu ruhen. Sie trank dasselbe Gift, das sie Dejasir gegeben hatte, streckte sie sich an seiner Seite aus und umarmte seinen Leichnam. Selbst im Tod würde sie ihrem Schwur treu bleiben und die Seele Dejasirs festhalten, falls diese ruhelos werden und nach einem Ausgang suchen sollte.

Als ihr Körper steif war, verschloss man das Grab mit Steinen und bedeckte alles mit Erde und Grassoden. Nun kam der letzte Teil, der dafür sorgen sollte, dass niemand dieses Grab aus Gier öffnete. Zu diesem Zweck bestimmte jeder Stamm einen Loshazaru oder eine Loshazara, Totenwache zu halten. Die Erwählten mit ihren gezäumten und geschmückten Pferden umringten den Grabhügel. Als alle ihre Plätze eingenommen hatten, töteten die Loshazari zuerst ihre Pferde und dann sich selber.

Ihre Leiber wurden entweidet und mit Heu ausgestopft. Sodann trieb man den Pferden eine lange Stange längs durch den Leib. Zwei weitere Stangen wurden senkrecht in die Erde eingegraben. Darauf setzte man den Pferdekadaver so, dass die Hufe in der Luft baumelten. Auch den toten Loshazari wurde eine Stange durch den Körper getrieben, die sie gerade und aufrecht halten sollte. Zum Schluss setzte man ihre Leichen auf die der Pferde. Auf diese Weise entstand ein Ring von Totenreitern, die den Hügel noch umkreisen würden, wenn ihre Leiber bereits zerfallen wären. Ihre Wacht würde erst enden, wenn der Hügel und das, was darin lag, in Vergessenheit geraten waren.

Die übrigen Khonari aber kehrten in ihre schwarzen Zelte und zu ihrem Nomadenleben zurück.

Tatsächlich sorgten die Totenreiter dafür, dass sich über viele Jahre niemand dem Grab näherte. Selbst Tiere mieden die Gegend. Trotzdem dauerte es lange, bis das Gras auf dem Hügel genauso dicht wuchs, wie in der Umgebung.

Die Reichtümer unter dem Hügel gerieten ebenso in Vergessenheit, wie der Schrecken, den er barg. Die Seelen der Loshazari beendeten ihre Wacht. Alles schien gut.

Aber es war ein falscher Friede. Kleine Tiere gruben ihre Höhlen in den Hügel und brachten etwas von dem Gold, was darin lag, zutage. Das Funkeln sah ein Hirte, der das Stück für gutes Geld verkaufte und auch später immer wieder zurückkehrte, um nach Schätzen zu suchen. Andere taten es ihm gleich, bis schließlich Grabräuber in die Kammer eindrangen und der schwarzen Seele Dejasirs den Weg an die Oberfläche bahnten. Als Dhalor, als ruheloser Geist durchstreift er die Steppe. Jenen, die ihm zuhören, verspricht er, sie zu Macht und Reichtum zu führen. Doch wer ihm folgt, findet nur Tod und Irrsinn.

Was aus Shoulaikas Seele wurde, weiß niemand, denn anders als die Dejasirs hat sie sich nie gezeigt. Manche sagen daher, ihr sei die Gnade gewährt worden, in den ewigen Kreis zurück zu kehren. Andere meinen, sie sei zum Schutzgeist der Khon geworden, der unsichtbar über ihren Zelten wache.

NACHWORT

Zur Entstehung dieser Geschichte

Die Ur-Version von Steppenbrand entstand 2003, als ich noch vorwiegend Fanfiction zu Herr der Ringe schrieb. Dabei hat es mich immer am meisten gereizt, die Lücken der Handlung zu füllen oder Geschichten hinter der Geschichte zu finden. Die Impulse lieferten oft Nebensätze. Einen sagt Gandalf zu Frodo, als er ihm erklärt, was es mit Bilbos "Geburtstagsgeschenk" auf sich hat:

> *"Neun [Ringe] gab er den sterblichen Menschen, stolzen und großen Menschen, und so verführte er sie."*

Die Rede ist natürlich von Saurons Betrug an den Menschen. Aber wer seine Opfer waren, wie die Ringe wirkten und zu was sie verführten, wird nirgends erklärt. Den einzigen Hinweis geben die beiden Adjektive "groß" und "stolz". Ein paar zusätzliche Informationen gibt das Silmarillon und auch aus den Handlungen Saurons und seiner Geschöpfe lassen sich Rückschlüsse ziehen - aber alles in allem bleiben große Lücken. Eine davon wollte ich füllen.

Über die Ringträger, die späteren Nazgûl heißt es im Silmarillion:

> *Those who used the nine rings became*
> *mighty in their day, kings, sorcerers, and*
> *warriors of old. They obtained glory and*
> *great wealth, yet it turned to their un-*
> *doing"*
> (Of The Rings Of Power).

Im Akallabêth erfährt man außerdem, dass unter diesen Mächtigen ihrer Zeit zwei große Herren (great Lords) der Númenórer gewesen seien. Auf Númenórer hatte ich keine Lust. Das Unerforschte reizte viel mehr; die Länder, die Tolkien nur andeutet, aber nicht beschreibt: Harad, Rhûn und die übrigen Länder im Süden.

Blieb die Entscheidung König, Zauberer oder Krieger. Sie war schnell getroffen. Die Macht der Könige beruht auf Geburtsrecht, ihr Aufstieg zu Größe wäre daher knapp geraten. Zauberer schieden aus, weil Tolkien die Korrumpierung eines Zauberers am Beispiel von Saruman selber vorführt - also blieb eigentlich nur der Krieger. Mein Protagonist sollte also ein Krieger in einem fremden Land sein. Allerdings musste ich das Land erst erfinden.

Die spärlichen Informationen, die Tolkien über die Länder Harad und Rhûn und ihre Bewohner liefert, lassen vermuten, dass er sich vage an Versatzstücken orientalischer Vorbilder orientiert hat. Das habe ich aufgegriffen.

Allerdings sollte mein Volk nomadisch leben. Im Herrn der Ringe sind ja alle Völker sesshaft und mein Ziel war es, einen möglichst großen Kontrast zu schaffen.

Als Lebensraum gab ich ihnen eine weitläufige Grassteppe mit wenigen Wasserläufen und vereinzelten Brunnen.

"Meine" Nomaden, die Khon, gleichen keiner existierenden Kultur. Männer, wie Frauen tragen Waffen. Sie lieben Gold und Schmuck, belasten sich aber nicht mit Besitz. Ihr Reichtum sind ihre Vieherden. Viehdiebstahl ist fester Bestandteil ihrer Kultur. Das wenige, was ihre Tiere ihnen nicht geben, handeln sie in den Ortschaften am Rande ihrer Wanderrouten. Ihre Religion ist animistisch mit ein asiatischen Anklängen. Lediglich beim Schlussteil habe ich auf einen Tatsachenbericht zurückgegriffen, nämlich auf Ovids Bericht über die Beerdigung eines Skythenhäuptlings. Allerdings ist der Zusammenhang bei den Khon ein vollkommen anderer.

Tolkiens Vorbild folgend habe ich sogar Ansätze einer eigenen Sprache entwickelt, auch wenn das für eine Kurzgeschichte nicht notwendig ist. Da ich aber schon mal damit angefangen hatte, wollte ich auf die Sprachspielereien nicht ganz verzichten. Ein Schwert ist ein Schwert und wird in der Geschichte auch so genannt, selbst wenn es in der Sprache der Khon es Shatushamrash hieße (den Namen habe ich mir allerdings gerade ausgedacht). Geblieben sind die Namen und Begriffe, die den Charakter und die eigentümliche Kultur der Khon unterstreichen.

Seit ihrer Entstehung habe ich die Geschichte ein gutes Dutzend Mal überarbeitet. Dabei hat sie immer größere Eigenständigkeit gewonnen. Inzwischen ist von der Vorlage nichts mehr zu spüren, daher hatte ich auch keine Bedenken, sie zu veröffentlichen.

Ich hoffe, Sie bzw. Dich damit gut unterhalten zu haben. (Frankfurt, Mai 2016)

Anmerkungen zur Sprache der Khon

Grammatik

Die Sprache der Khon ist lediglich eine Spielerei und niemand muss sie verstehen, um die Geschichte zu verstehen. Andererseits weist sie einige Besonderheiten auf, über die Leser stolpern könnten. Daher doch eine kurze Erklärung zu den auffälligsten Eigenheiten.

Zuerst fällt auf, dass alle Nomen grundsätzlich geschlechtsneutral sind. Sonderbezeichnungen, wie "Mann" oder "Frau" gibt es nicht. Wenn eine weibliche Form existiert, wird durch anhängen eines "a" gebildet; die männliche durch das Anhängen eines "u".

Beispiel:
Ef – Mensch (allgemein, geschlechtsneutral)
Efa – Frau
Efu – Mann

Die Mehrzahlbildung erfolgt durch Anhängen eines "i". Dabei gilt die Reihenfolge: erst das biologische Geschlecht, dann die Anzahl.
Efi – Menschen (geschlechtsneutral)
Efai – Frauen
Efui – Männer

Bei aus Nomen zusammengesetzten Nomen verändert sich lediglich das hintere. Sofern ein zusammengesetzten Nomen aus einem Adjektiv und einem Nomen besteht, wird die Endung an das Nomen gehängt – selbst wenn sie sich dadurch in der Wortmitte befindet.

So setzt sich der Begriff "Bejasir" (Häuptling) aus "Bej" (höfliche Anrede für Menschen, die nicht zur Familie gehören) und "tasir" (mächtig) zusammen. Das "t" von "tasir" verschwindet in der geschlechtsneutralen Form, lebt aber wieder auf, so bald der bezeichnete Häuptling ein Mann (dann "Bejutasir") oder eine Frau ("Bejatasir") ist. Das gleiche gilt für die Mehrzahl "Bejitasir".

Vokabeln/Begriffe

Arhan	eine Schlangenart, Stamm der Khon
Arran	Versammlung
Ashian	Familie
Asjeanar	Ehegatte, Ratsmitglied (geschlechtsneutral)
Bazaar	ständiger Markt
Bej	höfliche Anrede für Nicht-Verwandte
Bejsor'Bejitasir	Herrscher über die Häuptlinge (geschlechtsneutral)
Bejasir	Häuptling (geschlechtsneutral, [Mz] Bejitasir)
beriz	wild, ungezähmt
Bersonak	Wildhund
de	eins
Dej	Regen
Dejasir	Starkregen, Reichtum
Dhalor	böser Geist
Dharuk	eine Fischart
dei	alle
Ef	Mensch (allgemein)
Ferul	Schlangenart, Stamm der Khon

Gijen	Hyäne, Stamm der Khon
Khon	Volk
Khonar	Mensch (ausschließlich für Mitglieder der Khon genutzt)
Koshak	Falke, Stamm der Khon
Liazam	Echse, Waran, Stamm der Khon
Loshat	Schutz
Loshazar	Hüter, Beschützer
Loshazonak	Schutzhund, Kampfhund, Hütehund
Maroum	Löwe, Stamm der Khon
no	[präp] aus, von (Mitglied von, aus dem Stamm)
Noonuk	Hase (gilt als Sinnbild des List), Stamm der Khon
Sakhal	Schakal, Stamm der Khon
Sonak	Hund, Stamm der Khon
sor	von, über
tasir	stark (-ez, -am)
Tasrur	Stärke
Tabor	Fuchs, Stamm der Khon